献给我的姨母和母亲

# 麦墅纪

方淳 著

GUANGXI NORMAL UNIVERSITY PRESS
广西师范大学出版社
·桂林·

图书在版编目（CIP）数据

麦墅纪 / 方淳著. —桂林：广西师范大学出版社，2017.11

ISBN 978-7-5598-0415-0

Ⅰ. ①麦… Ⅱ. ①方… Ⅲ. ①散文集－中国－当代 Ⅳ. ①I267

中国版本图书馆 CIP 数据核字（2017）第 254001 号

广西师范大学出版社出版发行

（广西桂林市五里店路 9 号　邮政编码：541004
网址：http://www.bbtpress.com）

出版人：张艺兵

全国新华书店经销

山东德州新华印务有限责任公司印刷

（山东省德州市经济开发区晶华大道 2306 号　邮政编码：253074）

开本：710 mm × 1 000mm　1/32

印张：8.375　　字数：120 千字

2017 年 11 月第 1 版　　2017 年 11 月第 1 次印刷

定价：48.00 元

# 满眼繁花的后面，故乡你如此安静

## ——序方淳散文集《麦墅纪》

海 飞

多年以前一个漫长的下午，在一家书店巨大的吊扇下，我穿着旧式的白汗衫，像一个傻瓜一样站在叶锦添的《繁花》前发呆。这本书的装帧与气息，让我突然觉得沉冗的整个下午变得美好起来。同样是多年以前，我在最寂寞的、四顾徘徊的时光里，用大把可以挥霍的所有时间，写过一个叫《花满朵》的长篇小说。我以为村庄里的女人姓花，也应该是不错的。这是一个陈旧得像一只旧樟木箱一样的小说。在这本书的扉页上，我郑重地写上："献给村庄里的女人，献给我的邻居花满朵。"

方淳在偶然中读了这个小说，并为这个小说写了一个书评。后来在一个偶然的机会里，我同方淳相识，晓得了她在写小说，也晓得了她供职机关，朝九晚五。我同方淳的交集极少，也没细读过她多少文字。而终于有一天，她把她的文字集合在我面前。在这样的文字里，我看到的是花朵，是草，是云层，是故乡，是所有村庄里的细枝末节。

这座浙西淳安地区的村庄，叫作大墅。我喜欢“大墅”这两个字笨拙之中传达出的美意。这两个字合在一起，十分和谐，像一对老年的夫妻。在方淳津津乐道、如数家珍的记述与渲染中，绵亘于文中的家乡风物与风土人情，花花草草，山山水水，这些日常生活中司空见惯的事物，都传递出时移事往的感伤与怀念之情。乡村，成为她深情回望的那一瞥中所追念的对象，成为她的精神寄寓所和灵魂栖息地。我于是就想：每一位从乡村出发的作家，大抵是离不开心中那一方圣土的。比方讲，鲁迅是离不开鲁镇的，萧红是离不开呼兰河的，沈从文是离不开湘西的，汪曾祺是离不开高邮的，贾平凹是离不开商州的，我的生命也离不开我遥远的丹桂房。同样的，方淳离不开她的大墅。

方淳在大墅长大，对这片土地上的一切，都充满了感情。我相信，她连对这片土地上的所有灰尘，都充满着一种爱意，并且把这份绵长的爱意珍藏在她的血液中。她传统的写作笔法，使每一篇文字独立成篇的同时，在气场上又保留了前后彼此的粘连性。围绕要吟咏的风物，她引经据典，信手拈来，对每一样小事物，都写得活泼风趣，平实而自然。在她魂牵梦萦的倾诉中，家乡的人、事、物、节气等等，一一展现在我们面前：站立于乡野田间篱笆丛中的木槿花，匍匐于地头的半枝莲，摇曳在风中的酒酿花，六月酱、羹、粿，以及惊蛰、清明、芒种……

这是一路繁花。而繁花背后的故乡，如此明亮、安静、通达，像一位沉睡中的姑娘。

方淳的散文写得传统，文风平实，真切自然。这本来就应该是写散文固有的姿态。王国维先生曾经说："大家之作……无矫揉妆束之态，以其所见者真，所知者深也。"方淳写散文也讲究这个原则——求真，笔下的文字必然是心灵的真诚表达。"旷野无声，荒凉之气薄薄地笼罩于田垄。空气凝滞着透明的青蓝，只苍苍的，不动。曲迂而逝的凤林港水上，雾气苍凉，山峦沉默。对面村庄传来一声鸡啼，听得清晰了然。"方淳笔下的乡村，没有沉重的生活压力，没有难堪的稼穑艰辛，字里行间饱含着一种田园牧歌式的情感眷顾。所有的乡村苦难都被她纯净的笔过滤了，唯留下诗意与唯美的乡愁。

按方淳的说法，突然想到写这样一本乡村散文，得益于她的老家淳杨公路开通。原先花十多个小时才能回去的故土，突然之间，成了风景名胜。一条景观大道抵达村庄，像一条新鲜的血管。于是，人到中年，耽于回忆的她，觉得必须写一写那些曾经的过往，以及生命中美不胜收的人和事。

酒酿花，学名叫辣蓼花，大墅村庄屋前屋后曾经到处盛开着。这是方淳记忆里的大墅。文字中，少年的人和事密集地浮上心头，像鳞次栉比的鲜花开放。每个人大约都有一个心灵中的故乡，我们因此而徐徐回望，或者说我们因此而踏上回乡之路。那么，总有繁花满枝，总是一路相送，总会送你抵达豁然开朗的村落前，送到亲切得让你掉下泪来的屋瓦与砖墙、黄狗与黑猫以及村庄里所有的气息和人与事前。

夜色深重。在书房里写下以上文字时，我没有办法不想起我遥远的丹桂房。此刻的丹桂房，应该被夜色完全吞没，安静如初。是为序。

2017年3月28日

# 朝灌园兮暮灌园

## ——自序

木槿是我喜爱的植物。它柔韧，顽强，富含生命，环境再艰苦，也能生存。

2014 年，老家的瓦屋得以修缮，我理所当然地将它命名为“槿园”。

槿园，只是一座粗模粗样的农家小院，与山乡农居别无二致。然而，它在我的心底，却如同一个宝藏，珍藏着年少时的山乡记忆。

那段往昔岁月，需要一个空间去盛放，需要几方文字去展现，恰若记忆的华光片羽，在黯淡而又斑斓的旧影中磔磔而飞……

时光留不住，几度夕阳红。

回首往事，依然能看到昨日摇立于枝头的一花、一枝和一叶，依然能寻觅岁月在现实中的还原、再现和观照，如同镜中看花，水中观月。

这便是“槿园”这个名字的由来。

这种精神上的还原与现实中的返照，在飞速发展的中国当下，在三十年赶超西方物质文明一百年的改革开放史中，是一件非常必要而又极其奢侈的事。许多人走着走着，再也回不到出发之地。而与我相伴的村庄，却至今完好保存。我因此深感幸运与宽慰。

尤其是，当回到家乡，看到因少小离乡，襁褓时期的衣物尚在柜中，时光滤去四十年的尘埃，重现眼前之时，竟感觉恍若隔世，一时感慨万千。

我的一生，因这件件旧物，有了连贯而流畅的连接，有了与朦胧记忆相照应的件件往事的落实与对应。

这一呼一应，犹如身在空谷而听到回音，令我身心熨帖，深感欣慰。

当乡愁成为一种深入骨髓的念想，于现实返照中，拟化成形，我如此幸运地遭逢了家乡的亲人。他们的慷慨与侠义，令我感动不已。

这泥木结构的瓦屋，我家本只半幢。亲戚做主让给了我，又帮助修缮了槿园。梦想中的家园，由心中草稿上的一横一撇，一折一点，涂写成了现实中的一砖一瓦，一草一木。

除了讶异、感动和惊喜，我实在不能再说什么。

槿园的旧模样，只是一间瓦屋，行将坍塌，门前空着小块菜地。这间泥屋，是三十多年前姨母建造的，而后用来放置杂物，常常灰尘满地，蛛丝缠绕，雨水淋漓。

依亲戚的想法，就让它倒塌了吧——塌了可以盖新楼。

少年的记忆，在心灵深处，悄悄拧成一股力量，像汹涌激越的浪流，奔突到喉咙。我不由呐喊一声，阻止了这喜新厌旧的放弃与铺张。

喜爱一个词语：敝帚自珍。

对我来说，建筑，美与不美，好与不好，不在于建造年月的新旧，造型式样的富丽堂皇与否，材质结构的坚固合理与否，而在于生活在其中的人，流淌在其中的岁月。

昔日重现，点点滴滴，如夕阳里的落日镕金，长河里的皎皎月华。

这幢瓦屋，保留了 20 世纪七八十年代浙西民居的典型样式。夯筑的泥墙里，倾洒过亲人辛勤的汗水；屋前的梨树下，留下过青春美好的记忆。

如今的新农村，小楼林立，这样的瓦房越来越少了。

面对如此巨大的一件旧物，我希望将它原汁原味地保留，装进记忆的行李箱。

本想留存涟漪般的旧瓦，以看檐下滴水。黑瓦，是旧屋的灵魂。但，旧瓦易损，遭漏。津费拮据，我又常年不在家乡，翻修屋顶颇为不易。思虑再三，改用了新型钢瓦。这是小小的遗憾。钢瓦结实，耐损，经得起风雨和岁月的侵蚀。

这是新工艺的好处。

瓦片下，选用竹胶板，覆于木梁之上，看上去，俭朴素净。墙体，凡毁圮破损处，都用砖块混合泥土作了填充。墙内墙外，粉刷一新。

门前空地，原先有一株梨树，枝繁叶茂，硕果累累。邻居翻建新楼，砍斫了。农人们大多朴实善良，乡村生活，邻里和谐为要。如此，我便托付亲人在小院里栽下了木槿和栀子。

春节期间，回到家乡，看到木槿叶子落尽了，光秃秃的，于夜晚的清寒中，站在院子里，不由哑然失笑。

心中，满院花开、繁枝摇曳的槿园，与眼前尚有遥远的距离，暂时亦不能有所改变。我不能常住家乡，不能悉心料理花草。这是小小的遗憾。

于是，等着可以空闲下来，长久住家乡的那天。

即便如此，春来就吐蕊枝头的那一缕乡愁，于今也总算有了一处寄托，于精神上是一种莫大的安慰！

修缮槿园，令我想到一个人——闲居江南长乐村晚逢仙女的灌园叟。

“朝灌园兮暮灌园，灌成园上百花鲜。”“小小茅堂花万种，主人日日对花眠。”（明代冯梦龙《醒世恒言》）这是多么令人向往的田园生活啊！

然而，就当下而言，对普通人来说，却是一件多么奢侈的事！

不消说花万种，哪怕几十种，也并非易事！

灌园叟的几间草堂，实在遥不可及。于我而言，空暇时，种植点小花小草，聊以打发闲情，也算一种悠游自在的生活态度吧。

修缮槿园期间，写了一点潦草的文字，将数十年的怀望与爱恋倾注其间，编订成集，名曰“麦墅纪”。

这一年，自己也仿佛成了一个灌园叟，栽花种柳，忙于手上的活计。匆匆行色间，做出的活计，并不出彩，就像槿园一样，粗朴而简陋，稚拙而坦荡，乡野而率真。

但，于己，可作一种安慰。

如今，且将这些文字拾掇起来，扮靓几分，以便付梓。

这些文字，是沃灌槿园的一部分，是心中悄然构筑的槿园的一部分。

是以为序。

2017 年 2 月 20 日

# 目 录

# 草木

三月，家乡的油菜花开了。我，便像归乡的候鸟，该回家了。

# 紫木槿，白木槿

在所有的灌木花卉中，我对木槿情有独钟。

其中的原因，怕是一时难以说清。唯其难以言说，更能表明心灵深处的眷恋。就像老友相逢，隔着距离，默默对视，话在心里，就是说不出口。

我之于木槿，就是这样一种无须言说的情谊。

在我眼里，木槿有着山野之气。她是老家最常见的花卉，在城市却鲜有踪影。或者说，她不是适合生长在城市的植物。

在山乡，与她相伴的常常是竹篱笆，溪水，鹅卵石堆砌的墙面、隔障。在这些陪伴之物的映衬下，她单纯而婀娜，朴素而艳丽，乡野而芬芳。她就那么不事修饰地一站，那一片贫瘠的空间顿时生动起来，就像初岁的阳光，浮动着明艳动人而生机蓬勃的气息。

很难想象，在城市的水泥空间，她会是一种怎样的生存状态：

她翠绿的叶子是否会沾上灰尘？娇嫩的花瓣是否少了阳光的色泽？她是否依然能焕发出勃勃的生机？

江南山乡的木槿，最常见的是紫色。

紫色，是含蓄、低调的颜色，蕴含内在的奢华，却不想如同红色一般热烈奔放地喷薄。紫木槿是沉默的，远远地站在那里，不引人注目。她赤剌剌地蓬生着些草莽粗大的叶子，只青碧一色，手摸上去，叶面上仿佛长着毛刺，并不使人容易亲近。

在葱茏而自在的肥沃的绿之中，她悠游地长出一两枝花朵来，安静恬谧、孤芳自赏、惬意闲适、欢欣嬉戏的样子。她不是开给人看，她只是想开就开罢了。她不在乎鲜艳夺目与否，不在乎与别的花争一寸长短，不在乎游客的观赏感觉。她只像一个贪玩的女子，花开有时，仅仅是生命中不可或缺的游戏。

她对于自我人生此种游戏的关注，有点像造人的女娲。女娲造人，只是需要玩伴。她有点寂寞，抟土造人只是打发光阴的游戏。她盛开，一如女娲之于泥土，是精心地侍弄，揉捏出一个个精致端庄的人形，还是胡乱折一根柳枝，点蘸些泥浆，利利落落地甩打出些卑贱的泥粒儿，完全看她此刻彼时的心情。

枝头的花朵，有的盛开在高处，因多得些阳光和清风而昂头独立；有的落在低处，只悄悄地低吟浅叹，也算是走过了人生这一回。花开得好不好，多不多，美不美，都不是她要关注的。她没有计划，有一出没一出。什么时候开花，什么时候凋谢，什么时候跟阳光打个招呼，什么时候跟清风闲谈几句，完全看自己的心情。

她就是这么野性而自在。她只做自己心灵王国的主人。

除了紫色，即是白色。在山乡，再也难以看到别的颜色了。由此可知，她是个挑剔的花女子，知道自己适合什么颜色，要什么颜色。外在的暄妍也好，腾嚣也好，都关合在她的感官之外。她的心，清而静：唯其清所以静，唯其静而能清。

如果说，紫木槿长大后，注定会出落得寂寞而高贵，那么白木槿的未来就是贤妻良母——她是注定要奉献她那朴素动人的一生的。

通常，我们看到的紫木槿都在野外，多是野生的。沟壑，溪头，田间，荒地，你与她的相逢经常不期而遇。你因此突然被吸引，又因脚下的征途而不能停下，哪怕是几分钟的温柔缱绻。

你对于她，就像一阵风；她对于你，就只是路上的匆匆一瞥。

白木槿是家常的，她盛开在自家的院子里。童年的家，有黄泥石壁、粉墙黛瓦。无论哪一种，她都合适。黄泥屋的人家，门前扎一圈篱笆。她就和篱笆站在一起，脚底下，常常是几株鸡冠花、指甲花，都是和她一样，荒僻在山乡入不了大雅之堂的花。

粉墙黛瓦的人家稍稍讲究。她就听话地站在院墙之内，从不攀延出去，从不妄图做那觊觎墙外行人的红杏。她的开放，是为主人；她的凋谢，亦只关主人之风月。她忠诚而沉默，素洁而芬芳。她是低眉顺眼的媳妇，或是自少年就进了家门的丫鬟。

她好看，还很有用。童年最美好的记忆，是母亲折了院子里的白木槿花下面条吃。如今想来，那是一种怎样的奢华！古代典籍中的仙人，吸风饮露，神采焕然，而仙女，也多含英咀华。在乡下，面条是一种吉利的食物，常喻长寿，以白木槿配之，素洁而芬芳。最珍贵的，我想该是用白木槿花瓣炖银耳羹、莲子羹，清炒百合藕片。试想那木槿银耳羹，人生怕也难得尝到一回吧。

白木槿，是亲和宜人的。只要是踏进院门来的人，她知道是主人的朋友，就乐意和你相处。她不择人之高低，不嫌贫富贵贱，只要是亲近主人的，她都喜欢。

母亲在厨房忙着，唤我采摘木槿花，是童年最乐意的差事了。搬一张竹椅，爬上去，踮起脚跟，剪一朵又一朵，放在竹篮里，拎进厨房交给母亲，盼望着拌有木槿花的美食下一刻能上桌。透过十字窗棂，看院子里的槿花静静伫立，光影透过纱窗落在小木桌上，一碗腾袅着热气和芳香的木槿面就上桌了。那一刻的滋味，多少年再也不曾经历了。

木槿花，常常开在七月。于乡下，和二月的桃花、三月的梨花、四月的杜鹃、五月的石榴、六月的莲花、十月的菊花一样，是乡村的美物。有了这些乡野之花的点缀，乡村便成了美丽所在。这是对农人劳作之余的馈赠。

母亲尤爱桃花、杜鹃，而我尤爱木槿和莲。春天，母亲剪落桃枝，采回杜鹃，插在梳妆桌上的陶壶里，或者放在木制窗台上，房间里就平添了一种默默的喜悦，宁静而安详。家里有花的日子，即是母亲心情大好的日子，说明远在外地工作的父亲就要回来了。团聚在望，我可以见到父亲英俊的姿容了。

这是多么叫人期盼的事。

和母亲做伴的光阴，便在这静守与期盼中度过：看门前花开又花落，春去又春来，一年又一年。长大以后，看到木槿，内心深处常常涌起难以言说的酸楚和悲伤——那是童年对父亲无休止的思念凝结的吧。

每当日暮时分，看门外远处大墅桥横跨凤林港上，太阳一点一点从桥那头的大樟树树梢上落下去，思念就爬上了我的脊背。我于是猫着身子独自爬到门前的鹅卵石堆上去，拖着两腮，只默默地想心事。

父亲离开，我哭过闹过。可他终究还是要离开的，我那么小，只能接受这个现实。我常常找一块巨大的鹅卵石，坐到上头，看着大桥远处——父亲来时的方向。

七月的乡村小院里，流动着木槿花和酒酿花的芳香。我想：农忙日子到了，父亲会回来吗？他会回家吃木槿花面吗？他会喝酒酿花酿的米酒吗？是呀，他什么时候才回来啊？女儿想爸爸了呀，想爸爸了呀！

这人与植物的感情，从小潜入心灵，走到哪里，都像是生了根，再也难以解脱。

等到读书识字，看到人对于植物的情感，每每能领会其中的情谊。无论爱菊、爱莲、爱牡丹，无非托物言志。更甚者，花幻成人形，成了花仙，如《灌园叟晚逢仙女》、《葛巾》。人的意象终于成真，人和花之间，有了交流，有了故事，有了戏，便是更进一层的境界了。

只是，幻成人形的花仙常常是牡丹，是富贵中的极品，是人人争而想得的尤物。想那美色，自是“微窥之，宫妆艳绝”。牡丹大富大贵，那似乎是武则天之后的事了。而诗文中的木槿却古老而悠久。

《诗经·郑风·有女同车》云：“有女同车，颜如舜华。将翱将翔，佩玉琼琚。彼美孟姜，洵美且都。”舜华，木槿的别名，用槿花形容女子的容颜，是千百年前的事了。只是木槿花期短暂，开落常在朝夕之间。农历的七月，在古代，天气已经寒凉。诗人面对木槿花，常常感叹花期短促，凋零迅速。白居易《秋槿》云："风露飒已冷，天色亦黄昏。中庭有槿花，荣落同一晨。"李商隐《槿花》云："风露凄凄秋景繁，可怜荣落在朝昏。未央宫里三千女，但保红颜莫保恩。"

槿花，不是富贵之花。她生且寂寞，殒也迅速，让人扼腕而神伤。然而，它却是韩国的国花，被称为"无穷花"。槿花虽然生命短促，槿木却生命顽强，一旦在哪里扎根，便年复一年，成了这块土地的主人。木槿是扦插性植物，只要是有水土的地方，等待春天将枝条插入，就能生出须根来，成活率高，极易种植。而她的枝条，韧实有力，无论怎样攀折，都难以扯断。

木槿，是随和而柔韧的女子，对生存环境没有过多的讲究。她自顾野泼而安静地生长，却也有不肯轻易被攀折的高贵和倨傲。她自视清高，孤芳自赏，活得清苦然而快活。

自离开乡村，许多年来，不再见到木槿了。有一天，在城郊猛然看到左近盛开着一两丛紫木槿，跑过去，对着它，默默注视了良久。

我在想：什么时候，能有个小院儿，栽一院落的槿花呢？

2016 年 1 月 5 日

# 梨花坡暖日生烟

梨是老家最常见的果树，几乎家家户户门前屋后都栽上一两株，寻常，不稀罕。进了城，除非去果园，就再也难以看到梨树了。

一天，去杭州西郊灵山村的野秀陶园，与女主人攀谈，知道当初夫妻俩看上这里，打算造一个园子落脚的原因，竟然是痴迷于一树纷雪欲坠的梨花。于是，突然想到，梨树对于我，曾经多么寻常！

老家的梨树，多是两种：黄皮与翠皮。黄皮梨，个头不大，圆圆的，果皮黄褐色，咬一口，肉白如雪，汁水丰润。但多雨的年成，梨就不甜，放上几天，果皮沉暗发黑，果肉腻软发酥。对于常见的果蔬，农人吃多了，嘴刁。那年，瓦房落成之际，姨母看着门前的一块空地，就说："栽一棵梨树吧，翠皮梨！"

翠皮梨，状似通常的鸭梨，有点小葫芦的样子，个头大，坠在枝梢沉甸甸的。打梨的时候，需要在长竹竿上扎一把镰刀，升到高处，看准了梨，往枝头用力一割，梨就掉下来了。竹竿上挂一个网兜，梨就落在网兜里。有时候，梨不听话，偏栽着跟头掉下来，“啪——”的一声，它就肝肠寸断了。

翠皮梨，顾名思义，皮是翠绿色的，看上去有点粗糙。然而，表皮粗糙的果实往往内质精致。翠皮梨肉细甜美，汁多，个头大，果肉多，三个差不多就满一斤。

家有一棵翠皮梨，一个长夏就有了消遣。口干了，趿拉一双凉屐，走到树下，钩一个梨，拿起刨子一削，往嘴里一塞，爽！家里来了客人，提起竹篮，拿起竹竿儿，一会儿，一篮子清香便从门外飘到了厅堂的桌上。姨母说：“随便吃！”客人们就随意刨着吃，也没觉得多值钱。客人要走了，姨母拿着竹竿又出去钩一阵，拿个塑料兜往里一塞，就当作礼物了。客人也不客气，路上就当茶喝！

梨树长得快。新屋落成之际，小树苗只半身高。五六年光景，它便蔚然壮观，枝丫伸到南墙窗棂了。梨树开花的三四月份，傍晚坐在窗棂下，看满树梨花的枝头，一弯晓月清照，天空蓝幽幽的，明净而旷远，就觉得一生的光阴，仿佛都应该像此刻，宁静而美好。

梨花，纷白如雪，细看，白中却隐隐地藏着点绿意。有了绿的衬托，那白，便白得葱茏而有生机。梨树适合生长在土坡。它的根筋粗壮深入，枝叶茂密苍翠。

梨树适合与人为邻，离不开主人的照料。看人家门前屋后的梨树，与野山坡上的梨林，那气象多少有些不同。家养的梨树丰润自在，枝叶疏朗，透着一股恬淡与惬意。春阳融融的下午，那梨树就像一个慵懒的少妇，美美地做一树碧绿的春梦。而野山坡上的梨树，少了人烟的熏染，多了一分山野荒凉之气。那种气质，是与人隔着距离的，从属于山林的，生疏而冷清的。山野的梨花坡，风吹来，满枝欢动，然而，你听不懂她们的语言。

梨花坡暖日生烟，曾是我少年梦寐的景象。心底珍藏的梨花坡，必然是有人家的，甚至，只是一瓦黄泥小屋，甚至，只是远离村庄的寥落人家。而梨花坡的主人，一定如梨花般清洁、微苦而芬芳。

是啊，梨花，绿的底，何尝不是清苦的暗示！何尝不是清苦的人生征兆！何尝不是清苦一生的沉积所致！相较于桃花的灼灼动人，她始终是低姿态的，是隐忍退让的。她只僻在一角，自顾生长，自顾茂盛，自顾繁华，自顾苍凉。

梨，因其苦，可以入药，可以治理疾病。药店里的梨膏糖，用的即是雪梨，加入中药，熬制而成。教书时，咽喉长干，每至药店，总要买上一盒，放在包里，随时含上一两颗。因为梨性凉，可润肺解燥。小时候感冒，母亲摘取枇杷叶与橘皮、梨肉放一起，熬清汤喝，不用上医院。上中学回乡，假期里闲适，摘下梨，削皮切肉，用井水清炖，拌以自家制的蜂蜜，放凉了吃，可作暑日下午的餐点。

窗前的梨树，因其美而常心怀不舍，也有偶尔拿了纸笔，对着她，画上一两枝的时候。清风朗朗，坐于树下，抬头细数一杆杆枝丫。枝丫之间，叶叶交倾，嘻嘻私语，蜂虻嘤嘤，悠闲地转来转去。

那时，我是豆蔻梢头的少女。亲戚寄了一个包裹来，打开，看到一件件绣了花的夏衣。我珍爱一件短袖夏衣，胸前绣着几朵清淡的花，白白净净，就像门前的梨花。另一件，衣角用银丝点缀，绣着紫葡萄，我却遗憾没有衣裙与之相配，就晾在箱底。

这些衣物，出自父亲养母之手，我却素来不曾与她见面。只一年，她的女儿考取北京院校，来我家转转——是一个一身书香气的姐姐。姐姐温柔可亲，穿一身墨绿大衣，头发漆黑，肌肤莹白，就像一枝初放的梨花。能养出梨花般女儿的母亲，一定也如梨花般美好吧？这，成了我少年不能磨灭的记忆。

梨花，因其微苦性凉，花期短促，白雪纷飞，常引人神伤，而成诗咏佳品。与梨花相伴的意境，也多在春暮夜晚，让人伤怀，让人怜惜。“纱窗日落渐黄昏，金屋无人见泪痕。寂寞空庭春欲晚，梨花满地不开门。”这首《春怨》系唐代刘方平闺怨之作。梨花满地，闺阁空守，与花相伴的，是寂寞，是别恨。“旧山虽在不关身，且向长安过暮春。一树梨花一溪月，不知今夜属何人？”在这首唐代无名氏所作的杂诗中，梨花、凉月、溪水，景物清寂，羁旅惆怅，寂寞而失意。“梨花淡白柳深青，柳絮飞时花满城。惆怅东栏一株雪，人生看得几清明！”宋代苏轼的这首《东栏梨花》中的梨花，清明如雪，而人生尘扰，徒增惆怅。“轩锁碧玲珑，好雨初晴三月。放出暖烟迟日，醉风檐香雪。一尊吟远洗妆看，玉笛笑吹裂。留待夜深庭院，伴素娥清绝。”元代王恽的这首《好事近·赋庭下新开梨花》中，笛声凄寒，却是陪伴梨花的相应之物；香雪覆檐，如素装女子，清绝独守，留待春夜之深深庭院。

千百年来，文人意象中的梨花，都是一个多情而寂寞的素女子。她一身白衣，静静地守候在深深的庭院，看春暮风雨，看皎皎月轮，看尽花开花落，看尽人间情事。她只寂寞清守，清守成一个意象。

关于少年心中的“梨花坡”，为着“梨花坡暖日生烟”的意境，为了阐释少年对于爱情的理解，我勾勒出了“林花月”这样一个人物。她是我当年在山间看到的一个女孩。我此生再也未见那样一尘不染的女孩，仿佛神将她送出深山，送到我面前。就是那惊鸿一瞥，落入我的心底，再也未能忘却。我不知她是谁，是哪户人家的女孩，拥有怎样的生活，以后走着怎样的人生路。我担忧山民贫瘠的生活压垮她的美。她在我心里渐渐长大，长成了“林花月”。有一天，我终于把她写下来，成为一篇小说。那个长大的林花月，会做梨花糕，经历人生艰难，最后开了一家“梨花院落”的餐馆。那个爱上林花月的“我”，就是现实人生的“我”，珍藏她多年。然而，人生总有种种束缚，使“我”不能倾情于这样的爱恋。这寂寞、绵长、苦涩的爱情，就如梨花本身，清寒而香冷，隽永而怜伤。

从野秀陶园折回，回到老家，发现房屋已经坍损，梨树也被连根挖掘。少年时代窗前如雪的景致再也难以找寻，失落感怀之至，也曾写下几句：

再也不见了
那一树的梨花
一树的粉白
一树的清芬
一树的月华
一树的少年
一树的她和她
一片一片凋落了
找不见了
那个当年的自己
那个生命里青涩的似曾相识的自己
那个从懵懂中走来的
曾经单纯美好如初春的
一树梨花的自己

2016 年 1 月 11 日

# 青青刺球，毛囊之栗

虽然，板栗属于温带阔叶植物，江南山乡却多产栗。

野栗长在山上，要等到刺球疙瘩一个个凸起，缀上枝头，才能辨认。哦，那就是野栗呀！

童年随母亲在乡下，逢年过节，山里的乡人送年礼来，其中就有送野栗的，一颗颗小丸子似的，坚硬结实。母亲放在灶膛里用炭火爆，只听得“噗——”的一声，皮开肉绽，一股暖香从中溢出。这便是冬藏的美味了。

因为个大、肉实的板栗多了，母亲对野栗并不重视。栗树长得慢，树干密实——大约要八年、十年，才能长成一棵像样的栗树。关键是，拾掇板栗是一件艰难辛苦的工作，即使山林分包到户，种植板栗的人家也不多。长大了回乡，很少收到乡民馈赠的板栗。

采摘板栗，艰难异常。栗树高大粗壮。抬望眼，树冠如云，直上云霄。若不是等着刺球儿果囊老熟开裂，栗子一颗颗落下，就只能自己动手：攀上树干，拿着长竹竿，不住地敲打。敲打时，要防止毛囊扎到头上，需先戴上厚重的帽子，穿上棉外套，整个人看上去就像包裹结实的粽子。以这笨拙模样，抬眼看准刺球密集处，落下杆去。竹竿看似细长，拿在手里，却着实沉重。尤其晃动竹竿，使竿梢生出力量，击落一个个紧附枝头的果球，着实不容易。只听得“啪——啪——”数声，一时间枝叶刺球纷飞四坠。人站在底下，触目惊心，生怕刺球不长眼落到脸上来，却仍要看清掉落的方向，便于捡拾。刺球下坠带着速度，真扎到肌肤，可不是一般的创伤。光将刺一根根找出剔清，不细心的大夫还真侍弄不了。

将成熟板栗从青青刺球中取出，还得费一番功夫。念初中时，学校搞勤工俭学，读书之余，要参加生产劳动。熟练工将刺球儿打下，堆到宿舍走廊。这一堆，就是一个月。等到刺球囊色从青转褐，那种逼人的晶亮生气消逝，显现出苍老的黄，走廊里都是落叶腐烂的气息，就是拿着锤子进场的时候了。我们用铁钳将刺球一个个撸到水泥地面，锤子不轻不重地砸下去。砸时要用巧力，边砸边往外推，刺球开裂，露出色泽动人的栗子，然后戴上厚手套将刺囊剥开，取出栗子，装到兜篮里。剥刺囊相当棘手，往往板栗没吃上，手指已被扎得斑痕累累。常言说：“樱桃好吃树难栽。”而我要说：“板栗好吃囊难开。”

脱囊后，满篮子都是板栗，光色润泽，饱满圆润，闻上去，有树木馨香。这时候，可以生吃，也可以下锅。颜色最新鲜的，滋味最醇厚，可是并不最甜。生吃的话，最好再放上一段时间，置阴凉处风干，果肉渐渐失去水分，还未变坚硬，捏上去，柔软而有韧劲儿。这样的板栗，果肉金黄灿烂，栗衣蓬松易去，塞进嘴里，甜甜的，有嚼头。

炒栗子，是手艺活。印象中，要先将铁锅烤热，锅里下沙，注入食油。铁铲掀着沙子热炒，直见得青烟袅袅，才将栗子倒入，挥铲猛搅，使栗子受热均匀。这挥铲的动作，很有些劳作舞蹈的意味。可惜我从未学声乐，不然可以创作“炒栗歌”或“炒栗舞”之类。栗子烫熟，暖融香气浮动在屋檐下。拿一个竹筛，将沙子筛落，一颗颗晶亮的栗子便端上桌了。

有栗子相伴的冬天，让人安心、暖和。

栗子好吃，却吃不多。十来颗下肚，抵得上一顿饭。吃栗子，跟吃核桃、瓜子一样，需要闲工夫、闲心思。秋收之后，冬藏时分，腊月正月，逢年过节，一家人坐下来，一颗颗地剥，一嘴嘴地嚼，是惬意的享受。

板栗进城，不知是猴年马月的事了。它成了市民喜爱的炒货，身价翻了数倍。乡下，板栗一斤也就两三块钱，进了城，一斤十到十五元不等。清人郝懿行在《晒书堂笔录》中写道：“见市肆门外置柴锅，一人向火，一人高坐机子上，操长柄铁勺频搅之，令匀遍。”北京糖炒栗子有要诀：只有“和以濡糖，藉以粗砂”，才能达到“中实充满，壳极柔脆，手微剥之，壳肉易离而皮膜不粘”的理想效果。改革开放之初，勤劳致富的年代，炒瓜子、炒板栗、炒核桃曾是有前途的职业。

板栗加工，通常是栗子炖鸡。斤把重的小母鸡放砂锅里一起炖，再加些枸杞、当归。鸡汤有了栗味，栗子有了鸡味，是家常菜。20世纪80年代，一年至多也只能吃到三两顿，候一盘栗子鸡，脖子都能拉长几分。

如今，走在街头，都能发现栗子饼了。摊儿不多，也许因为做起来麻烦——栗子肉晒干磨粉，显然费工夫，跟做蟹黄饺子一样。“物以稀为贵。”稀，是由于需要费心思和下功夫。刘姥姥进大观园，一个茄子吃得五花八门，就是例子。栗子既然可以加工成粉，吃法完全可以丰富些，栗子饼之外，栗子饺、栗子馍、栗子面……油炸、烹蒸、水煮……应有尽有啊！甚至还可以做酱——不知道栗子酱是何滋味。这一想，栗子真是前程无量。

牛尾骨板栗汤、莲藕板栗拌菜是常见的韩国料理。韩国食物加工细腻，一桌子菜，七八个碟。乍一看，一团团粉糊，分不清哪个是哪个。要不是服务员作解，常吃得一肚子糊涂。当然，这状况对于味蕾纤长的人又是另一番光景了。吧嗒一下舌唇，猜猜菜由什么食材加工，工艺程序如何，也是有趣的事。

中国是栗子的故乡。栽培板栗，可以追溯到西周。《诗经》有云:

“东门之栗，有践家室。”《左传》也有记载：“行栗，表道树也。”《吕氏春秋》将“冀山之栗”称为果之“三美”。冀山，即燕山，是密云水库所在地。这里水土丰厚，气候凉爽，温带阔叶林密集。京、津一代流传着赞咏糖炒栗子的佳句：“堆盘栗子炒深黄，客到长谈索酒尝。寒火三更灯半灺，门前高喊‘灌香糖’。”

腊月到了。冬景天，晒着太阳，剥一袋炒栗，走街上，或泡影院，都成。有栗子相伴的冬天，更有冬味儿吧！

2016 年 1 月 13 日

# 微霜未落，乌柏红

乌桕树是乡村的精灵。

身在城市，我们简直看不到乌桕。一到乡村，随便踱哪儿，抬眼就能发现乌桕。乌桕就像农家泥屋灰凸凸的烟囱，就像大爷嘴上乌凸凸的烟杆，就像板壁厢房黑凸凸的炭盆。

乌桕树是乡村阿公。他经年在外，忙碌，少话，憨厚，稳重，踏实，笃静。虽然阿公不言语，但角落里的狗都能感受到他的存在，都会自觉表达对他的尊敬与爱恋。阿公在，家就有了依靠。

秋冬季节，荒凉的田垄路上，乌桕树挺着老迈的枝干，寂寞地站在那儿，黑漆漆，静默默，即使风吹过，也没有言语，仿佛度过了热烈嘈杂的岁月，享够了世间温暖的人情，满足了乡间凡俗的烟火，如今，一下子变得清静自在了，在蓝天下，延展出一派悠然自得的姿态。一棵乌桕树，就是一尊活祖宗。有祖宗守护着，家就有了安宁，有了和谐，有了昌盛。

树如同人，有它固有的气质。因乌桕如老人一般慈爱、静穆，我很小就喜欢乌桕，只觉得它让人亲近，让人安心。

在乌桕树下捡拾果子，是童年趣味之一。乌桕籽可以榨油。果籽白色，黑漆漆的乌桕树，结着如同白蜡一般的果，一瓣儿，一瓣儿，蜡梅花儿似的，纯洁无瑕，坚贞如玉。捡拾回来，粗粗地冲洗，晒干，卖给收购站，换几角钱。我对乌桕的喜爱，却因爱美的天性。将乌桕籽拼成朵朵小白梅，将细细枝条连接成干，片刻自娱足以让人愉悦和欢欣。

对于乡村，乌桕树的另一重意义，在于它的树叶。鲁迅文章里，乌桕被叫作“皂荚树”，就是皂角。顾名思义，其树叶可以当作肥皂。孩子的头皮痒了，买肥皂的钱缺得紧，农妇们便攀下几根枝条，捋一大把树叶，剁碎了，搓出沫儿，泡在滚烫的热水里。待水也渐渐泛绿了，就唤来孩子，摘去高领子围脖，塞好面巾，摁下孩子的头，凑在木盆上，舀了水，哗啦啦地洗起来了。洗完了，抹一点儿浸过桂花的菜油，到太阳底下晒，这头发也跟乌桕籽壳一般，漆黑油亮，散发着桂花香芬了。

树叶洗涤出来的衣物，植物汁液涂染出来的织料，也应该浸润着植物的清香与芬芳吧！记忆里，桑葚、指甲花、木耳菜，沾上汁液后，都不容易去色，是涂染的好材料。少年，与同学摇船采桑葚，嘴唇、舌头、衬衣，都乌红乌红，可惜了衣物。倘若那时懂得印染，又能绣上几朵花，或恐能亡羊补牢吧。

乌桕之美，在于秋日赏叶。春夏，乌桕还挺着一碧的绿，到了秋天，就渐渐泛红了。霜降前后，田头地里，庄稼拾掇干净了，谷畈上，粮食热闹的身影消失了，泥瓦房顶，瓦片也显得黑沉沉了，大地收起了忙碌，变得闲而淡了，便是乌桕顶着一蓬火红叶子，神气登场的时候了。那萧索大地的一抹红，空旷原野的一点亮，可是天地间伫立的一种姿态，一种精气神儿呀！

从古至今，人们吟咏乌桕，酝酿出许多佳句："巾子峰头乌桕树，微霜未落已先红"（宋代林逋《水亭秋日偶书》），"乌桕平生老染工，错将铁皂作猩红"（宋代杨万里《红叶》），"此间好景无人识，乌桕经霜满树红"（清代徐定超《咏乌桕》）……现代文学家何其芳《秋天》的诗中，更有"收起青鳊鱼似的乌桕叶的影子"这样的句子，想必，那乌桕树就在河岸溪头，渔民眼中的乌桕树，看上去也像一条条青鳊鱼了。

冬闲，乌桕落了叶子，变得光秃秃了。可是，看它那潇洒风神的枝丫，依然能感受出美。回淳安老家，去公山尖的路上，遇到几株乌桕，枝条疏朗，闲逸安适，不由多拍了几张，称之"美树"。乡野之树的生长，完全不受关注，不受拘束，因而不会受到冷地里的刀斫，横地里的绑缚。它们在安逸自然的环境中，自由自在地生长，向着阳光，向着温暖，向着明丽，向着美，延展开枝丫。它们的心里藏着美，藏着宁静，藏着和谐，才会生长出如此美的姿态吧！

修葺了老家小院儿，节假里，可以常回去看看。春夏，可以用乌柏树叶濯衣洗发；秋冬，可以观赏乌柏树的红叶劲枝，心里就活润润、闲落落的。想到这些，感觉真好。

是呀，有乌柏树这精灵守护着的乡村，真好！

2016 年 2 月 14 日

# 油菜花里，解春愁

三月，家乡的油菜花开了。我，便像归乡的候鸟，该回家了。

清明，是归的季节。“儿童相见不相识，笑问客从何处来。”（唐代贺知章《回乡偶书》）从马路走向田塍，农人就在地里忙碌，乡音唔哝，讪讪两语，传达归来的喜悦。清明较之春节，更有归的期盼在里头：只为了看一看山上的亲人，闻一闻家乡的油菜花香。

油菜花，长在山谷、田野。大墅良田百亩，过了春分，人们背起竹篓上山扒松针的时候，从山坡上望下去，就能望到大片大片浩浩荡荡的金黄。沉碧的田野，仿佛一夜之间被阳光照亮，满是金灿灿的。

三月的乡村，是最美的乡村。麦坞后山就是漫山的杜鹃，红艳艳的，让人看着喜气，明媚，亮堂。田野里的金黄，仿佛水粉画，浓密，稠和，厚重，化不开似的浓艳。土地沉寂了一冬，这时候，迫不及待披上了绚丽的衣裳。这自然的色彩如此惊心动魄，光润润，明晃晃，让人从眼里亮到心里。

农人不怎么稀罕油菜花。在乡下，油菜花实在稀松平常。菜花，算个啥花呢？农人们爱富贵，爱华丽，因而爱牡丹。春节贴的年画，色彩大多浓丽，大朵大朵的牡丹，和鱼、如意、金童子列在一起。尽管大墅没有牡丹花，但未见过才更激起向往——牡丹多好啊，歌里都唱着呢！山上的杜鹃尚有人采，农人挑着簸箕下山，前头就插一束杜鹃，一晃一晃，招人的眼。从地里回来的农人，手里，簸箕里，从来没有油菜花的。菜花就是菜花，只默默地结出籽，榨出油，此外再无其他用处，即使开得这么晃眼，也瞎搭。

乡下，爱极了油菜花的，是家中的土狗。每年油菜花开的季节，是土狗心思萌动的时节。狗，聪颖可爱，通人性。花开了，它们就从家里奔出去，到花地里乱窜。村里的群狗三三两两都去了花地。它们在花地里追逐，嬉戏，交配。这情景，有一种生机勃发的野趣。春天，田塍路上，看狗儿头顶着杏黄的碎花星儿，一身芳香地归来，那情景，才叫悠然。

油菜花开，蜜蜂就跟着来了。蜂在花丛中飞舞，时上时下，时高时低，就像人喝了酒，醺醺然，醉了。油菜花芳香醉人，香味里含着浓郁气息。初闻不经意，花丛中站久了，人就昏昏然，想马上躺下去，迷迷糊糊睡一会儿。这香味很撩人，引发散乱心思。农人躲着油菜花——油菜花开的时候，不能在田野里呆久，提防家里的狗往花地里去。

油菜花谢，大约在五月。花朵散落下来，泥地上满是衰落的黄，星星散散，渐渐的，就入了土。田野收敛了金黄的妩媚，恢复到沉碧的端庄。枝头的囊籽，悄悄饱满起来了，使着劲儿地，认真地长。油菜施肥，大概就在这时候吧！农人不关注油菜花美不美，却仔细囊籽饱不饱满，菜籽壮不壮。油菜籽收成好，榨油多，一家人吃得满嘴流油，这日子才叫夯实，才叫滋润。春天的油菜，夏天的水稻，秋天的番薯，都是庄稼里的重头戏。

虽然农人不怎么爱油菜花，油菜花却因明艳动人而受摄影师青睐。一到春天，田野里就来了摄影师，对着油菜花咔嚓咔嚓。小姨母家在湖边，油菜临着水，蓝绿的湖水，金黄的花地，霭霭的青山，浑然一体，妙境天成，是最爱的去处。

油菜花是与故乡联结的物，是可以寄托乡愁的凭借。春天，走到郊野采上一束油菜花，往书斋土钵花瓶里一插。花，书，字，画，皿，再点燃一支香，香气缭绕中，静静看着蓬勃着生机的花色，回味一下家乡的田野，便过了一把思念的瘾。这滋味，犹如古人离乡带上的那一抔土，土到哪里，心就到哪里，思念亦紧紧跟随。

清明就快到了，天还有些寒凉。母亲说，今年是农历二月过清明。家乡的油菜花大概开了吧，那么，又可以回乡在油菜花中安睡两晚，解一解春愁了。

2016 年 3 月 25 日

# 半枝半枝，静默相连

半枝莲，是江南田间地头常见的一味草药。又叫赶山鞭、牙刷草、田基草、水黄芩等。这些名字中，能让我产生美意的，仍然是“半枝莲”。

然而，它却与莲没一丁点的关系。它只是小草，形貌平凡、普通，匍匐于泥地，仰仗天光雨露，承接一点生命的恩泽，与文人歌咏喜爱的莲花自然不能平排列坐。

与半枝莲的相逢相识，源自容易擦破的皮肤。

不知道是遗传还是别的原因，肌肤不耐任何毒素，一到夏天，就要遭罪。先是蚊子、旱虫之类的玩意儿，太阳快要落山的傍晚，白日里躲在阴暗角落的小昆虫，又不知从什么地方成群结队地蜂拥出来。

屋子里，一落座，蒲扇是少不了的，只听得“噼噼啪啪”声起声落。于一片焦灼与不安中，母亲点了蚊香放到竹椅底下。即使如此，还得不时提防蚊贼溜到背后、腿跟，趁人不注意来一口。

那痛痒的感觉，真叫无奈。

吃完晚饭，希望早点洗完澡躲进纱帐里。帐里安全，可也有不足。孩童心粘人，喜欢玩乐。晚饭后，是乡人在谷畈小聚讲故事的时候，是月亮底下追逐嬉笑的时候。于是，常从帐子里溜出去，等遭了蚊子，又逃回来。

即使只被蚊子触碰，皮肤也会瘙痒不止。指甲在蚊包上抓一会儿，肿起来的地方，涂上清凉油，毫无起色，忍不住再搔，不一会儿，一个通红冒血的创口血淋淋突兀着了。

在每个与疮疥相伴的夏天，也是与半枝莲亲近的时候。姨母无师自通，是村里的半个草药郎中。白天，她出门干活，看到田塍上有半枝莲，就会顺带回家，放在石头上捣烂了，敷在孩子疮疥上，用纱布包好。白天敷半枝莲，夜晚再用茶水洗涤，是姨母治疗疥疮的常用办法。

父亲却并不赞成。一年夏天，他看到我额上亮闪着脓包，不由责怪母亲不会养人。他带我到杭州医院，做了外科小手术。父亲相信医学，但这方法并不特别好，那一刀在头上留下了伤疤。而半枝莲的敷疗，虽然时间长久些，却不会留下疤痕。长大，一身包块掉落，除了头上挨的那一刀。

半枝莲随地生，开小小的花，乍看，有点像太阳花。花头小，叶子碎，茎儿细，是一种默默无闻的地头草。因小时候的治疗经历，看到半枝莲，总觉得分外亲切。它的名字，常令我产生美好的遐想。

“半枝相连”，是它的谐音。

小时候，父母两地分居，我生活在分分合合的离别情中。每当父亲到来，遥远的田间路上，村里的伙伴就会跑来相告：“你爸回来啦——！”爸爸回乡，是一件多么荣耀的事。记忆里，父亲带着光环。他如此相貌英俊，如此文质彬彬，如此气宇轩昂，走在田塍路上，一路的乡民都向他问好。只要父亲到家，所有的困难都迎刃而解。母亲常病，不能多从事田地劳作，父亲是母亲的依靠。他俩就像半枝莲，分开居住和生活。一年到头，聚少离多，但并不妨碍他俩的相生相连。

离开家乡后，在城市生活。自此，再也未见过半枝莲。但是，那质朴的形象始终保留在记忆里。她那脆生生的娇小模样，让我想到年轻的母亲。嫁给父亲，是母亲人生最大的成功之举。之后，她便过着洗衣做饭的主妇生活。她个子矮小，却不怕艰苦，一如半枝莲，生命力执着而顽强。生下弟弟后，父亲精心照顾她。她的身体恢复了，从此起早贪黑，任劳任怨。我和弟弟能在九十年代考入大学，实现父亲的愿望，跟母亲坚忍执着的心性是分不开的。

有一年，市里举行中国影视编剧大赛。我拟写的电视连续剧大纲《半枝莲》，得到评委的首肯而获奖。父母那一代人的生活，烙印在记忆深处，成为文学创作的源泉。不知道我的《半枝莲》能否有这样的幸运，开出星星点点的花朵。

我期盼着，期盼着，就像小时候，期盼父母终于团聚，分居一半的枝叶终于相连。那时候，她在我的心中，就幻化成一朵真正的莲花。

那是有着苦涩药香的莲花，是脉脉芬芳的莲花，是属于我的童年记忆里的朴实无华的莲花。

2016 年 2 月 1 日

## 酒酿花，墙角屋后

看上去，酒酿花根本不像花，而像一串串红穗子，墙角屋后的旮旯，随处就那么撒野似的长，路过的人看在眼里，也算不得什么动人的景致。但是，20世纪六七十年代出生的人，生养在江南乡野的人，记忆里却很少能逃脱开酒酿花的旧影。

没有酒酿花的乡村，少了米酒的醇香，就不像个乡村。没有酒酿花的宅院，一定不是温暖馨香的宅院。没有酒酿花的童年，一定是缺少滋味的童年。

山乡荒僻处很少能见到酒酿花的影子。旮旯里不起眼的酒酿花，就像不招人待见的土丫头，其实也是有主儿的。你看她立在乱石堆里，荒草丛中，与狗尾巴花相依为伴，就以为她只是野地里自生自灭的草，你就错了。只因为她生来便于侍弄，逆来顺受，无牵无挂，她的生长不需要太多关注。

然而，每年一到丰收过后，总有那么一段日子，农人觉得闲了，嘴里的滋味淡了，就会想起旮旯里的酒酿花来。是呀！酒酿花长得怎样啦？可以采摘了吗？可以用来酿酒了吗？酿酒的季节到了呀！没有甜米酒过冬，那怎么行呢？不能把日子过得太寒碜啊！

瞧，酒酿花深深地懂得自己的价值。物事是可以归类的，酒酿花所属的就是卑贱而有用的那类。这习性，便是乡村的习性，便是农民的习性，便是泥土的习性。

任何事物，都有适合它存在的环境。酒酿花与黄泥屋做伴，与砌着鹅卵石墙的猪圈、牛棚做伴，在旮旯里，仰承数缕日光，几番雨露，就能招展出几穗红，让人见识她的向往与努力了！

酒酿花，是童年的陪伴。门前的空地上，堆满了农人从凤林港挑来的大鹅卵石块。酒酿花就从鹅卵石堆里蹿了出来。她们长得快，才两三个月，就有孩子那么高了。鹅卵石经过雨水冲刷，干干净净，将自己藏在酒酿花丛里，默默与黑蚂蚁嬉戏，是童年打发时间的耍子。傍晚，母亲在灶房里点燃松针做饭，烟囱里袅荡开第一缕炊烟，就是我爬上鹅卵石堆，兀自静坐，托着下巴，远眺桥头，思念父亲的时候了。天色暗下来，晚饭在即，母亲就要给我擦澡。我不能远遁，在家门口，乖乖地待着，让母亲觉得放心。

酒酿花的叶子硕大，叶面毛茸茸的。农人们并不用酒酿花当猪食，酒酿花也就野着性子长，粗肥可观，但也衰萎得快。夏天过去，秋叶开始凋零，茎秆上，酒酿花的红穗还直挺在那儿，叶子却已经萎黄了。没有叶子衬托的酒酿花，不仅寂寞，而且憔悴，像已过中年寡居的女人，不再有青春逼人的热烈气息了。

躲在酒酿花丛中，默默地想心事，一般都是趁酒酿花枝肥叶茂的时候。红穗儿挨在腮边，风一吹，在耳朵边、脖子里颤巍巍地笑，小细花蕊针尖儿一样，挑着黄白花粉，触碰到我的肌肤、鼻尖。眉毛上，头发里，有时会落下花蕊丝儿。闻着那轻微的香甜，小小的心灵得到了释然，生出默默的喜悦。等到母亲唤吃饭的时候，已经心情轻松，不再是那个因为思念父亲而哀愁的小可怜了。

姨母是酿酒的行家。少年回到故乡，由姨母照顾生活饮食，每年都见她酿米酒。只是，那时候供销社已有酒曲卖，作酿酒用的药引酒酿花，已是闲弃的草花了。因此，采撷酒酿花做药引，只在童年时光。做的酒只自用，一钵头光景即可。程序大抵是，将花采下，洗干净，晾晒，磨碎，与糯米粉搅拌，团成小圆饼，晒干晒硬。做酒的时候，将糯米掺和晚米蒸熟，加入酒酿粉，用厚实的棉被捂盖酒钵，朝角落里一放，就成了。等到屋子里飘荡出酒香，就知道已酿成。这时候，就可以用米酒煮汤团、荷包蛋，烧鳜鱼汤了。

有一年，不知道哪个环节有疏漏，姨母掀开酒钵一看，酿的酒成了桃花红。我想：今年是没酒吃了。未料，姨母高兴地说，这是桃花酒呢！

等到进了城，菜市场里经常看到甜酒酿，一碗碗，小小的，也便宜。回到老家，餐桌上的菜蔬，很多都是从市场上买来的了。从村头走到村尾，也就很少再能遇见酒酿花。她像是完成了自己的使命，消失得无影无踪了。

去年在文博展会上布置展馆，设计师别出心裁地布置出一条沙砾与泥土混杂的羊肠小道，两边盆装着大量野草，间杂紫色小花的植物，狗尾巴花和长着红穗的烟叶草掺杂在一起，看上去，就像酒酿花。在花丛中坐下，靠在有机餐桌边的布枕上，花穗又触碰到额头。那一刻，仿佛回到童年，和伙伴们躲在花丛中轻轻细谈，花香四溢，宁静温馨。生活如此美好。

用各种野花小草作为装饰，应当算当前的一种时尚吧！国人乡村情结的苏醒，对于乡村家园的渴望，使返归乡村成为一种潮流，而乡居也成了值得追求的生活方式。

一天，一位知名文人参观黄公望隐居地后，发出一声幽幽感慨："寻访黄公望的小洞天归来，心中特别渴望有朝一日自己能拥有一个宁静的农家小院。"

我看了，不禁泯然一笑。

我想：只要人们心中的乡愁在，酒酿花就不会绝迹。没有酒酿花和狗尾巴草的小院，还像真正的农家小院吗？酒酿花，狗尾巴草，牵引怀着恋乡情结的人们早日实现返乡之梦！

2016 年 2 月 4 日

# 山乡嘉木，鸠坑茶

潇洒桐庐郡，
春山半是茶；
轻雷何好事，
惊起雨前芽。

宋景祐元年（1034年）春天，四十六岁的范仲淹被贬。他拖家带口，离开汴京，一路马不停蹄，到达项城，再乘舟沿颍水、淮河而下，经歙县，换舟沿青溪到达睦州。泛舟于青溪之上，范仲淹举目四望，但见两岸绿水环绕，青山相连，茶园遍野，翠涛浩荡，于是吟下了这首《鸠坑茶》。

鸠坑自唐宋即列为朝廷贡茶之地。《唐志》有“睦州贡鸠坑茶”之句。人间四月，春光烂野，扁舟一叶，逐水而东。江南的奇山异水，逐渐消解了范仲淹官场失意的郁闷惆怅，以至于他在向仁宗上表中，表达了自己“静临山木之华，甘处江湖之上”的淡泊心志。

记忆里，家乡茶园满山，每家每户种茶。早年，茶自给自足，并不对外出售。那时，茶也不是什么精贵的东西，用得家常，看得鄙贱。农妇们什么时候采茶，在锅里炒茶，也不甚分明。早晨起来，只看姨母烧好水，要泡茶了，才拎出一个塑料袋。有的茶叶团团曲卷，有的形貌粗大，瓜片似的。姨母撮几把，放入提梁大陶壶，用铁勺舀起沸水，就“哗哗”冲下去，够一家人喝上半天。

夏天，农人离不开茶。双抢农忙，是淌大汗的季节。跟白开水相较，茶水更解渴。农人喝茶，没许多讲究。茶壶多半与农具一起，相携到地头。渴了，就拎起茶壶，嘴对嘴往肚皮灌。你喝完，我喝，至多用毛巾往壶嘴上擦一把。讲卫生的人家多带个搪瓷杯，一家子就用一个杯子轮流来喝。

家里，茶壶摆在正堂大饭桌或条几上。在外头游荡的孩子，汗流满面回来，抬脚跨过石门槛，冲到茶壶前，端一个粗瓷青花碗，一边呼哧呼哧喘大气，一边咕咚咕咚把茶水倒喉咙里。倘若壶是空的，孩子忍不住渴，就到厨房大水缸，直接舀井水喝。喝生水容易生病。因此，壶里有茶，对一个农村孩子来说，是一种幸福。说明他遇到了一个好母亲，一个疼爱家人善于操持家务的细心的母亲。母亲，是一个家庭最丰润的营养。一个好母亲，就像土地，万物从她的双手得以滋生，茁壮成长。

因为茶园多，上山随时可采，加工就没那么多讲究。在农家眼里，茶叶就是轻贱的物，跟青菜萝卜一样，只看派什么用场。

茶叶泡水能去疮疥，利皮肤。暑热天，一到晚上，姨母往木盆扔几把茶叶，用热水冲开泡脚，母亲则用茶叶泡一大木桶水擦澡。

山乡生活，总与植物关联。童年，就生活在植物的香氛里。阔大阔大的老茶叶，姨母采来，炒过，晒干，灌进粗纺棉布枕套里，做成茶枕。自家地里种的棉花弹成的棉絮，松松软软。摊着灯芯草席子，枕着茶叶，卧房里弥漫植物的香。

渐渐的，茶叶值钱起来了。供销社开始收购生茶，社房里添置了炒茶机。少年时，学了表姐模样，背一个竹篓，上山了。茶园在低低的山坡上。采茶也不是什么难活，靠眼明手快。尖尖的叶蒂，用指甲着力掐。不久，指头染上了绿，深深渗入指纹，着力的地方，皮就破了。这染绿的手指，要过几天，才能恢复肤色。一个茶农，要采摘漫山茶叶，该有多艰辛！生茶送到社房，一斤才卖一角钱。钱虽然少，也是自食其力的劳动所得，于内心，感到欢喜与满足。

等喝到家乡名茶“千岛玉叶”时，已经上大学了。千岛玉叶，产于青溪一带，原称“千岛湖龙井”。而今，听说，千岛湖的绿茶都统一命名为“千岛龙井”了。千岛玉叶，芽壮露毫，翠绿嫩黄，汤色黄绿明亮，清香持久。茶界泰斗庄晓芳，曾跋山涉水，前往淳安考察，提笔写下了“千岛玉叶”四个字。供销社的校友带了一包茶来，打开牛皮纸袋，清香扑鼻，撮几羽入水中，根根直立，香气四溢。回味其动听的名字，更觉茶入口之妙。家乡终于有名茶了！这茶不仅入嘴，还入心，暖暖的，让人感到安慰。

这时候，采茶也成了农村学校勤工俭学的实训课程。弟弟来信，说起采茶一周的生活体验。读书之余，体味山农劳动生活，成了他日后创作动画的素材。有一年，回到大墅，他拍了许多照片。以此为摹本，夫妻俩创作了动画《梅花三弄》，说的是一个农村青年大学毕业返乡执教的故事，画面秀美，故事暖人，带着浓郁的江南风。该片获得中英动画创意大赛“最佳动画短片奖”，入选康斯坦丁金币电影节，在第八届“Dytiatko 国际儿童电视电影节”上展映，当作资料在伦敦大学进行了交流。山乡生活，以艺术形式呈现，并走出国门，这是采茶少年当年不曾想到的吧！

许多年后，茶文化渐渐流行，喝茶也成了一种考究风雅的生活格调。因贪恋喝茶聊天又长见识的情趣，我业余做起了一本杂志的专栏记者。采访中，辗转遇到了一家著名茶馆的经理。没想到，她是一位鸠坑姑娘。她从小生活在茶乡，长大了自然以茶为业，曾作为代表参加美国举行的“无我茶会”，并到韩国、日本学习茶道。看她端庄素净的气质，像一片茶叶在水中悄然打开，唯有终生事茶，才能熏陶出茶一般的美。她的名字，令我想到牡丹幻化的仙子葛巾。鸠坑有十二株古茶树，其中的“茶树王”，有一百六十多岁，深藏于海拔八百余米的高山，三十多年前分到她家。茶叶种植专家说，那是浙江树龄最长、树冠体积最大的茶树，八年前，一百克茶叶就拍出了两万五千元的高价。这位鸠坑姑娘，该是古茶树的仙姿幻作的人形吧！

“青山枝头叶婷婷，皇上赐我第七名。天下无人不爱我，家家少我不成人。”这是流传在鸠坑的茶谜。鸠坑，是淳安茶文化的根。鸠坑种，是国家十大茶树良种之一，被引种到印度、斯里兰卡、格鲁吉亚等十几个国家。有茶叶的地方，就有鸠坑茶的身影。如今，鸠坑茶一年的收入，占全乡农业总收入的一半。这些年，鸠坑建立了茶博馆，发展茶旅产业，可谓风生水起。

一家鸠坑茶厂的经理，新研制了“鸠坑红茶”和“鸠坑黑茶”。这两种茶，喝起来味若普洱，价格也便宜。家乡的茶品丰富了起来，是近几年的变化。作为一个家乡人，终于喝到了不同风味的家乡茶。家乡茶喝起来，比别处的茶分外舒心些。

千岛湖烟波浩渺，空山素贞。然而，龙井茶一斤两千元，而千岛湖茶才一斤一两百元。清明节后，县里举行了炒茶大会，千岛湖茶叶的形象与品牌，正在进一步提升与推广中。于是，想起清明回乡探望小姨母。瓢泼大雨中，她披着雨衣仍在山上采茶叶。她说，生茶涨到二十多元一斤了，从没有过这样的好价钱。那一刻，坐在水渚烟村的院子里，我深深感到，一个决策，如何从朝堂出发，悄然抵达每一个家庭，从而影响乡民生活。

我想：有一天，千岛玉叶和鸠坑茶的价钱也能跟上龙井吧！鸠坑，会一如乡民所愿，成为另一个梅家坞吧！但，我也希望，无论怎么发展，家乡的茶依然能保持淳朴本色，仍做人人喝得起的平民茶！

山乡有嘉木，
名隐价未扬。
还当趋步走，
茶路悠且长。

2016年12月19日

# 时节

清晨，鸟雀啾啾。我在谷雨天醒来。

# 清夜虫鸣，时节之歌

“惊蛰”，是一个形象的词。小昆虫、小动物蛰居在泥土底下、洞穴里，还昏昏地睡着，忽然，一个惊天的响雷，把它们震醒了。

这就是惊蛰。

惊蛰天，一般下雨。有雷就有雨。要不然，雷是空雷，没意思的雷。惊蛰后，天气开始转暖，雨水渐渐增多，大地有了水，就活过来了。细雨淅沥，土地上一片翠绿，生机萌动。

据说，古代将惊蛰分为三候：一候桃始华，二候黄鹂鸣，三候鹰化鸠。正是仲春时节，桃花红，梨花白，黄鹂婉转，莺鸠啼叫，雏鹰出谷，好一派自然春光！

山乡看桃花，是惊蛰时节的一景。家家户户，门前都有桃花。桃花灼灼，是惊蛰之后的景象。桃花结在枝头，一朵一朵，灿烂如云，衬着白墙和黑瓦片屋顶，干净明丽。尤其雨后，从屋檐底下看去，湿漉漉的天空，挂着一线滴水痕，桃花让这水痕涂抹上三两朵明亮的粉红。这花也好，天空也好，人面也好，就有了动人的春意。

梨花开在屋后。树上的叶片尚未长到巴掌大，一片片脆生生，碧莹莹。花朵尚未绽放到圆满。有的还缩着花萼，像刚出闺的少女；有的踢开了腿，像个顽皮的孩子。

梨花，真美。美到无可言说。

只静静地面对一树的莹白与芬芳，听虫蝇在花下穿梭飞舞，晌午的阳光，隐含着瑰丽的粉，一点点撒进门槛。觉得，惊蛰天，有梨花看，是一种幸福。

山里不怎么能看到黄鹂鸟，即使看到，也认不出——看不出黄鹂与鸠有什么不同。“两个黄鹂鸣翠柳”，虽然也稀松平常，但，鸟声传来，那最婉转动听的，我们通常说是黄鹂的叫声。

东晋陶渊明躺在被窝里，听春天第一声雷动，轰隆隆碾过天空，就吐出《拟古・仲春遘时雨》来：

仲春遘时雨，
始雷发东隅。
众蛰各潜骇，
草木纵横舒。
……

元代吴澄撰《月令七十二候集解》说："二月节，万物出乎震，震为雷，故曰惊蛰。是蛰虫惊而出走矣。"昆虫听到惊雷醒来，只是人类的意淫。昆虫是听不到雷声的，而人听到了，知道春雷来了，该苏醒了。虫子爬出土面，蝉，介壳，蚜虫，齿蛉，草蛉……那么多名称，我们是叫不全的，只知道少数几样形态各异的虫子。有的虫子挂在游丝上，有的虫子趴在树洞边，有的虫子排满了细细密密的叶子，有的就躲在草丛里……昆虫奔走的季节，土地也喘过气来了，草木恣肆葱茏，一切都活生生的。

历史上，惊蛰曾被称为"启蛰"。汉景帝为了避讳，将"启"改成"惊"。我倒觉得"惊蛰"二字要形象丰富许多。"惊"字富含神态表情，而"启"字只表动作。"惊蛰"，将昆虫和动物都拟人化了，很有趣。二十四节气中，只有这个节气裹含了如此丰富的动物信息。《千金月令》说："惊蛰日，取石灰糁门限外，可绝虫蚁。"意思是，石灰原本可以杀虫，惊蛰这天，将其撒在门槛外，虫蚁一年内都不敢上门。二十四节气中的"芒种"谈的是人，而"惊蛰"谈的是动物，其他谈的都是气候。

有一句民谚："到了惊蛰节，锄头不停歇。"过了惊蛰，就开始春耕了。季节不等人，一刻值千金。小麦孕穗，油菜就要开花了，雨水季节就要来临！

《九九歌》说："七九河开，八九燕来，九九艳阳天里，荠麦青青，豌豆苗儿栽……”田野里，荠麦还是青青的，豌豆落在地里，起苗就可以移植了。等到豌豆长出翠绿的叶子和茎丝儿，阳光打着圈儿落在叶子上，就可以插细竹竿绕藤了。

想起韦应物《观田家》诗：

微雨众卉新，一雷惊蛰始。
田家几日闲，耕种从此起。
丁壮俱在野，场圃亦就理。
归来景常晏，饮犊西涧水。
饥劬不自苦，膏泽且为喜。
仓廪物宿储，徭役犹未已。
方惭不耕者，禄食出闾里。

韦应物是唐代诗人，喜欢写一些乡村景物。大抵写乡村的诗文，朴实而有机趣，我喜欢。

再过几天，就要惊蛰了。身在城市，雷声隆隆也感受不出大地的气息。不由想起少年采蘑菇的日子。昆虫苏醒的时节，我们这些少男少女分散在山林里，找寻蘑菇。其中一种叫雷菇，黑乎乎的头，白白的菇心，采回来，放到铁盒里，倒一点素油，蒸起来吃。这是惊蛰天的山珍。

此刻，昆虫们怕已听到雷声隐隐了吧？雷公已在几千公里外的天空等候。于是，等着第一声惊雷响起，啪啦啦，在沉沉夜色里翻滚，腾涌。雷声惊到了梦里的人，也惊到了蛰居的动物。

惊蛰，终于来了！

2017 年 3 月 1 日

# 清明，托体同山阿

过几天就清明了。自从父亲回乡，每年清明，和母亲、弟弟总要轮流回乡上坟。一年一度的清明，成了比春节更重要的节日。

清明是关于死亡的节日。死，在乡下，有着莫可言说的神秘。人，死在城市，犹如蝼蚁；死在乡下，却犹如一场盛宴。对一个普通人来说，人死为大的庄严、神秘、肃穆，只在乡下能体验到。

丧葬，在俗世眼中，是一场关于宗亲关系的考验。

死了人，亲人赶着报信。女人腋下塞一把黑伞出发，伞的拿法有讲究：柄朝前，到了消息送达的人家，头朝下。这细微的讲究，是何出处，不甚清楚。童年不知礼数，到了姨母家，顺手将伞一丢，姨母少不得将伞放正，头朝上。亲属得了消息，便要出丧礼。乡下人礼尚往来，重的是情谊。礼轻情义重。丧礼与喜礼区别不大，无非几个鸡蛋，一串粽子，几斤糯米，心细的人家，再做一笼包子。

落丧的人家，就要忙碌起来了，格外神圣庄严。

第一桩事，要找五色布，青，黄，白，黑，红，悬挂棺木上，用做寿衣。村里的老人，没有不重视棺椁寿衣的。早些年，姨夫就备好了木料打制棺材，没想到火葬推行，没用上。人死了，穿寿衣，看上去打扮得整齐簇新。有准备的人家，人老去之前，早做好了压箱底。不管怎么说，穿着针脚绵密的手工新衣，去到另一个世界，既展示人世享足的温暖人情，显得体面利落，也是对彼岸迎接者的尊重。

除了寿衣，还要做几套衣服，随纸钱焚烧。姨母将纸样摊开，对着布咔嚓几刀，干爽利落，简单缝合。衣服式样简单，像是为人偶做的，上坟祭奠随纸钱一同塞进黄裱纸糊的信封焚化。

接着准备随葬品。少不了纸糊的梯子和斧子。这有讲究与来历。淳安乡俗，谓之人死后，灵魂上天。天那么高，得用梯子爬；爬到半空，会有天猫来袭，需用斧子驱赶。因此，梯子和斧子不可缺少，是灵魂升天必备之物。

还有准备含在嘴中的铜钱，俗称“含口钱”。人死后，会投胎，嘴里含铜钱，自然投到殷实人家。灵魂去往哪里，这是天意。天意神秘未知，不可泄露，因而无法查探，俗世只能表示理解和敬重，表达对灵魂去向的希冀和祝愿。

还得请修墓和守夜的人。亲人即便入土为泥，也不忍其远去，只希望不过换个地方安居。这地方不能太远，以方便亲人祭奠。

乡人习惯将亲人埋在不远的自留地，小山坡。人和墓相距不远，仿佛并不是去另一个世界，而是还在村里待着，和大家朝夕相处，和一代代祖先一起，默默守卫故土。因为这些，死，这一人世最大的悲恸和创伤，在家乡也可变得稍微温暖。家里死了人，哀号是必需的，亲戚众人围着棺材转上几圈，手扶棺椁表达哀切与不舍。

守夜人已经通宵达旦在棺材边坐着了。灵魂上路，去到另一个未知世界，谁都是头一遭，胆小的不敢上路，守夜人就陪护在身旁。守夜的，都是村里上了年纪的汉子，胆子大，身体结实。棺材下，点一盏燃油灯，照亮灵魂奔赴黄泉的路。这灯因为赋予了神圣功能，也变得神通广大。谁的脚长了烂疮疤，尽可以拿灯油往上抹。我曾亲眼见做母亲的蘸油替孩子抹。据说，一抹就好，灵验得很。

修坟，是大活计，有诸多讲究。修坟的人一般懂风水，南坡向阳的坟会多一些。坟是故去的人的家园，虽然去世，也要给予多一些的安适快活。人虽化作泥土，却并未真正远逝。在另一个世界，阳光仍然重要。

父亲的坟坐北朝南，坟前一方空地，是他的小家园。一年四季，阳光洒在暖坡，青山丽水，分外祥和。有一回，母亲梦到父亲，说父亲托梦来，坟漏水了，大半身子浸在水里。母亲说，一定是碑前的空地让水浸泡了，叫人疏通一下。母亲这样说的时候，就像父亲还在附近的工厂加班，还能一叫即应。

坟修好了，就得择日上路。亲戚朋友一行人排着队上山。长子撑着旗杆走在前面，众人身上系一根麻绳，臂上挂一片黑布，一片红布。山道弯弯，寄托着亲人九曲衷肠也倾吐不完的情谊，倾洒着亲人多少个日夜也难以言尽的哀恸与悲伤。终于落了葬，碑竖了起来。碑上写明祖籍。祭祀时，将纸元宝塞进信封，写清楚地址，否则，即使烧了纸钱，亡人也收不到。修墓的师傅把墓修完了，就将阴间的地址抄给孩子。

我搬了数次家，抄地址的本子早已丢失，但因曾写了几次包裹，这地址竟烂熟于心。有了地址，心里就有安慰，仿佛故去的人真能收到。小时候，听姨母说外婆托梦，寄去的衣衫没收到，要重做几套。外婆去世得早，未曾谋面，她以托梦的形式留存在我们的记忆里。

故去的人，其灵魂去向似乎并非无章可循。在人世匆匆走了一遭后，他（她）踏上了返归的路，回到祖先身边去了。这传承的地址，让人对祖先产生无尽的想象，仿佛祭奠的同时，也一同祭奠了列祖列宗。这一代一代的灵魂，南迁北徙，完成人世使命之后，仍然回去报到，祖先来自哪里，就回到哪里。乡村宗族文明，就在这些丧葬礼俗的细节中，得以代代承继。

落了葬，托体同山阿。亲人们整理好心情，拾掇好悲容，也还要在柴米油盐中生活下去。送行回来，就要犒劳大家，吃上一顿豆腐饭。豆腐饭，是素斋，也许有佛教的寓意在里头，我不得而知。淳安山乡，家家都能做豆腐，吃豆腐饭，是最简便的款待方式。完成了这么重大的事，坐下来吃一顿饭，一边吃，一边说些体己宽慰的话，安慰落丧的人家：人死了不能复生，节哀顺变。同时赞美这场丧事办得严谨、体面，对得住故去的人。吃完饭，大家终于可以松一口气，自行归去。

这便是淳安山乡的葬丧风俗。淳安民风朴实，丧事一律从简，点滴细节，虽则讲究，花钱却也不多，体现的是活着的人对故去的人那种真真切切的关怀。这种关怀体现在细节的无微不至，而非祭祀的豪奢攀比。大家都知道，故去的人已然故去，在这种场合攀比竞奢，意义寥寥。

如此，走在故乡路上，也常令人觉得，人是真正皈依了自然，仿佛即使化作了山上的一捂土，其实也并未走远。这种对于逝去灵魂的眷顾之心甚至可以推人及物，延伸出佛门的慈悲与博爱来。动物去世，狗埋沙滩，因通水性；猫吊树上，本来自天，是天猫。这些富有仪式感的神圣行为，常带给人无限遐思，蕴含乡村哲理，是古老乡村传统、文化礼俗的延伸与绵继。

也许贪恋故乡丧葬礼俗中的温暖，去世的那天早晨，父亲突然决定返乡。这也成了家人年年回乡的理由。那天早晨，在省城医院度过最后时光的父亲坚持站起来独自如了厕。他一生要体面，在生命最后关头，也尽力保持一个男人的尊严。他说，三兄弟来接他了。我们知道，父亲的灵魂上了路。果然，下午，父亲就落了气。而今，家乡的杜鹃花，漫山开遍。我能想起的最美的杜鹃花，依然是在我童年时父亲回乡探望妻儿采摘的。光阴荏苒，年华易去。眼下，又到了我采摘杜鹃花看父亲的时候了。

我只想问一句：父亲，您回了乡，可安心吧？

2016 年 3 月 30 日

# 鸟鸣啫啫，清谷天

清晨，鸟雀啾啾。我在谷雨天醒来。

谷雨，这节气的名字，形象，生动。春天，雨夜，山谷，多美好的意境！听上去饱满而湿润。一想到这名字，脑海会切换到云深雾蒙的家乡：山谷青翠，稻禾青碧，云朵湿漉漉，低低徘徊，云气来去，在南来庵山坡和凤林河上空。只需站立家门壁侧，脚踩青石板门槛，放眼望去，就能看到谷雨季节里的山景。

春夜，躺在旧式大床里，轻闭两眼，在寂静里沉睡。远处山林深处传来鸟的叫声，“布谷，布谷”，声音清幽而湿润。布谷是一种有灵性的鸟，人们幻拟它的叫声，把“布谷，布谷”，听成“阿公，阿公，割麦，插禾”。

谷雨之夜，雨饱满而肥硕。清明的雨淅淅沥沥，如春蚕吐丝。谷雨的雨就是瓢泼如豆了：如若下在白天，看上去就有哗啦啦的亮色，光润四溅，“大珠小珠落玉盘”（唐代白居易《琵琶行》）。然谷雨之时，一般白日里天气晴好，雨落在夜晚。春雨贵如油，尤其夜雨。

较之清明，我更爱谷雨，因谷雨里饱逸的生机，万物野泼的姿态，生命的纵横肆意。清明是娴静的弱女子，谷雨是丰满的壮女子。谷雨高大，生机萌动，甚至饱胀着情欲。没有事物能逃脱谷雨的熏染。一经谷雨，万物都活了过来，就像女娲对着抟成的泥土吹了一口气。

家乡的谷雨，晕染着蒙蒙水汽。云朵低低的，徘徊在黑黑的屋檐。云朵的下方，有一圈青青的水渍。檐角挂着一两滴雨，像是就要坠落下来。天空放晴，雨水收了阵脚，天空浅浅泛青。站在门槛上，看着天空远处，想：谷雨天，真好。

元代吴澄的《月令七十二候集解》云："三月中，自雨水后，土膏脉动，今又雨其谷于水也。盖谷以此时播种，自下而上也。"

童年，谷雨是扦插薯藤的季节。一支支薯藤剪好，码在竹箕里。雨大，需等到雨脚歇了，雨水止住，才能往山上去。草坡湿漉漉的，行走其间，裤腿都沾湿了。

谷雨，育秧的日子临近。雨过后，气温一日高似一日，谷物热烈地生长起来，大地肆意奔放，蓬勃热烈。谷雨后五日，"鸣鸠拂其羽"（秦代吕不韦《吕氏春秋·季春》）。明代刘伯温有诗："鸣鸠语芜声相应，又是人间一度春。"芜是杂草，鸠鸣，且唤春归去，意味着春天将尽了。

谷雨是采茶的好时候。清明过后十来天，茶叶长得快，满山绿盈盈。挎着小篮，来到山上，两手麻利，往篮子里新采下叶片，弥散着清香。一年之中，这时候采摘的茶叶，滋味鲜浓，口感蕴藉。

谷雨过后，河水也涨起来，变宽了。原先裸露在岸边的鹅卵石沙滩，过了两三天，突然不见了。河水漫漫，流过山道，流过平原，载着一年春的希冀，看两岸草花开满田野，看鸡冠鸟落于桑树，听“关关雎鸠，在河之洲”（先秦《诗经》），听水呜呜咽，江流宛转绕芳甸。

谷雨过后，就进入了日渐肥沃的季节。寓所附近，清明时候还纤细的小草，只这十多天，就枝大叶肥了。窗外望出去，月初还甚为寥落的地面，蹿起及膝的野草，绿茵茵一片。粉红的蔷薇花落在一侧，与苎麻挨在一处，绕过荒凉的高高木架，在顶上张开一朵朵小花。花下野草疯长，迅疾漫过红砖铺砌的路面，鞋子踩过，瞬间沾湿了露水。河边的树萌发出新叶，原先还明明净净的天空，瞬间绿意纵横。

谷雨的消遣，莫过于风吹榆钱落如雨，绕林绕屋来不住，癫狂柳絮随风去，轻薄桃花逐水流。今年的谷雨，桃花早已落了，看不到逐水流的深情。天空明净，和风徐徐。薄衫在身，裙袂飘飘。

正是一年最好的时光。

2016年4月19日

# 村夏，明月相思

乡村的夏，长。它像屋角的蛛网一样长，像绵延山岗的天际线一样长，像老人眼角的哀思一样长。一年十二个月，五月立夏一过，乡村就进入了夏天。直到十月，初秋的季节，我们还穿着衬衫，秋老虎的尾巴不时还会招摇一下，偶尔，学堂里还放两天高温假。这时候，站在乌桕树下，望一眼碧蓝的天，快慰地叹一口气道：热天总算过去了！

乡村的夏，闷热的日子多。太阳晒了数日，雨点尚未落下来。候着太阳一点一点落下山去，才从一团暑气的屋子里走出来，手捏一把蒲扇，哗啦啦扇，风沉闷闷的。热气包裹全身，每一个毛孔都打开了，湿湿的汗粘裹了皮肤。汗，要让它流出，不然对身体不利。一身汗，淌得酣畅淋漓，流得舒心快活。

乡村的夏，空气中常常飘浮着清酸的雨的味道。云朵从湿润的山岗出发，渐渐贴近地面。雷声滚滚，划过天际，惊天的炸雷响起，宣告乡村夏的来临。暴雨过后的谷畈，升腾起清凉的水汽，地面就像泼了凉水的蒸笼，热腾腾，水濛濛，人的脚在热气中行走，犹如站立于一个巨大的笼屉之中。雨如此爽快、利落，说下就下，像性情暴烈的热恋中的女子，说爱就爱。雨点击打黑黑的瓦片，溅起清亮晶莹的水花。站在屋内，斜靠着高大的石壁门框，厚重的砖墙沁出丝丝凉意。朝那突兀的檐角望一眼，潮意自眼角弥漫，沁入皮肤，裹挟全身。有天井的屋子，檐角就在屋内，雨柱如绳索簌簌往下落。抬眼望，一角的天空在阴森漆黑的阁楼阴影的映衬下，月白一般宁静而光洁。有雨的夏天显得生趣天然，孩子们在天井里追逐嬉戏，朝那檐角伸出手去，接水玩。浓阴覆压的屋檐，响起老人瓮瓮的呵斥声和孩子清亮的嬉闹声。

乡村的夏，与凝神的双眸静静相对的，是青青遍野的稻禾。一望无垠的绿，弥散着青草气息。蜻蜓在禾苗上飞舞，微风吹过，田野满怀香与喜。田塍小路从村庄出发，弯弯扭扭，铺向禾苗深处。农人的赤脚踏在田垄上，温热的泥土滋润着蓬勃生命。

夏，是禾苗生长的季节，稻谷膨生的季节，汗水洒落的季节，面朝黄土背朝天的季节，是各种生机涌动、交汇、勃发、迸进的季节。

乡村的夏，农人最关心稻田里的水。太阳炽烈，田野快速干涸。稻子的成长需要水，大地干晒一天，田里的水就浅下去一圈。早晨或傍晚，甚至正午，田野上聚集着给稻田灌水的人，老人、孩子、妇人都来帮忙。沟渠在田野间蜿蜒行进，流水铮淙，为稻禾带来生命的慰藉。上游的人家筑起了堤坝，流水蓄起来了，汩汩灌入良田。抢水得赶时机，上游的人家有延误，下游就等不及。大地宁静，田野上偶尔响起山里人吵骂的方言，拌和在懒怠的夏风里，轻烟似的飘过，瞬间就恢复了宁静。

乡村的夏，河流是喜悦汇聚之地。夏天的河，是天然纳凉的地方，是大人孩子嬉戏的乐园。溪滩，是孩子们白日里玩耍的去处，鸭鹅散步的地方；河，是鸭鹅产蛋的地方，是孩子们到处找蛋的地方。太阳落下山去，河岸的埠头就喧闹起来。孩子们哧溜脱完衣服，往水中一泡。洗衣妇们看着也心生羡慕。她们走下水去，羞涩地擦拭自己的身体。干完活的庄稼汉，赶着黄牛来了，用清清的溪水洗去一身热汗与污泥，把泥耙、铁铲都洗得干干净净。黄牛将庞大的身躯浸泡在水中，鼻子里喘着愉快的粗气。人畜皆欢，宁静快活。乡村生活，一切得益于自然的恩赐，就像生命本身，得之于自然，又回归到自然。

乡村的夏，大半在蔫困的光阴里度过。慵懒的午后，无论忙碌的农人，还是懒惰的农妇，大片时间都用来打盹，躲在家里的旧式大床上睡午觉。知了“吱呀——吱呀——”地叫着，一阵长似一阵。木棂窗格外，梨树枝条青碧翠绿。嗅着梨树的馨香，打着呵欠，农人昏昏然入梦去，鼾声顿时响起在窗外的过道上。村庄静悄悄的，淹没在沉睡里。桃子青碧，结在枝头；孩子忙碌，追逐在树下。夏日的午后，最爱听梨树上鸣蝉的长叹，蔫蔫地睡在雕花大床上，蝉声陪伴耳边进入梦乡。一卷武侠放床头，梦里与司马相如一同骑马前往，看望卓文君，约她来竹林相会。在纸上草草画下文君像，配上一曲《凤求凰》，蝉声高唱，仿佛司马君的咏叹。

乡村的夏，难忘夜间劳作。白日里怕热的人家，选择晚上收割。沉甸甸的稻子一堆一堆，拢起在田野上。打稻机抬出来了。随着脚有节奏的踩踏，木轮转动，金黄的稻子如水波流泻，脱在了谷箱里。机器的轰响打破乡村夏夜的寂静。新鲜的稻子盛进箧箩，大人挑着谷担在黑夜里行走，月光落在他们肩膀上，留下黑黑的剪影。孩子们劳累了，躺在稻草堆上休息，嬉闹。月亮升上来了，月华皎洁。新割的稻草清香宜人，弥散着谷物香甜的气息。躺在草堆上，数星星，看月亮，是夏夜劳作后最好的享受。

乡村的夏，茶水不能停歇。井里新鲜的水，盛在木桶里，满满盈盈，一晃一晃。挑着水桶担摇摆着进入灶间，水哗啦啦倒进瓦缸里。大铁锅底下点上松木柴火，水突突沸腾起来。在粗陶茶壶里随意撒点茶叶，将沸水一勺一勺盛进，摊凉，挑到地头喝。长长的夏，忙和闲交替。在抢收抢种的日子里，茶壶是地头最好的陪伴。夜，木桶脚盆盛上清凉茶水，祛除各种脚疾，干净清爽地躲进纱帐，留一夜的香梦。

乡村的夏，最怕遇到蛇。蛇是夏天的动物之王。沟渠中，田野里，山地上，屋前屋后，蛇的踪迹时隐时现。不怕蛇的农人喜欢蛇，碰到蛇，用锄头朝七寸打下去，晚上就有了蛇汤。我的皮肤易生疮疖。一到夏天，母亲便挨家挨户讨蛇肉蛇汤，给我喂下，身上就未留下疤痕。虽然怕蛇，看到蛇的机会却也不多，只三两次。

看到蛇，我的心会扑通通地跳，于是远远逃将开去。

乡村的夏，会有一些轻薄愁事萦绕心头，譬如穿什么衣服好。少年是最爱美的时光。站在镜前，恍恍惚惚看着自己，想：那武侠中的女子，可与自己有一分相像？母亲爱看碎花棉布，父亲爱看格子裙。母亲飞踏着轮子，做了一件又一件薄棉衣裤寄过来，松软，透汗。一条红色花卉图案的肥脚裤，在一律青白的学生服中很显眼，穿了三两天，招来非议，只好压箱底。写一封信回家。母亲赶夜做了几套青白衣裤来。可是，暑假是自由奔放的时光。这自由自在的两个月，到底穿什么衣服好呢？

乡村的夏，难忘少年伙伴。夏天的正午，我和表弟躲在山谷水塘里，摸螺蛳。骄烈的太阳直晒下来，山上的灌木翠绿发亮，波光潋滟，晃花了眼。表弟戴着斗笠，光着背脊，皮肤黝黑，晒起花纹，斑斑驳驳。表弟那么小，那么灿烂地微笑。那个夏天，表弟的笑容如此清晰地定格在记忆深处。他抬起头，微笑着跟我说，晚上能吃到螺肉了。笑容静寂，言语无声。表弟去世二十多年了，我清晰地记得，那晚的螺肉，他只抢到少许两筷。

乡村的夏，目光常落在恋人身上。傍晚，乡村男女，一对对相约在大墅桥。这桥，便是人间的鹊桥。恋人们在桥上谈心，手拉手去桥头看露天影像。乡村男女的恋爱，简单而实际，没有价值观的讨论，没有精神世界的弥合，甚至，没有兴趣爱好的交流，只消对上眼。乡村的女人，在意男家的日子过得怎样，身体结实与否，有无嗜烟酗酒。乡村的恋爱，像淙淙小溪，清澈见底，简单明净。

乡村的夏，最愁餐桌上的饮食。抢收抢种的季节，不知怎样对付每日的饭菜。我学会了做黄豆菜：水煮豆腐，炒豆腐，霉豆腐，煮黄豆，炒黄豆，炒豆芽。一颗黄豆才发一根豆芽，发了几次，姨母节俭，便劝止了这奢侈的经营。姨母爱吃炒肉，一大清早，就去镇上排队买肉，一天两三斤。姨母一辈子没走出乡村，不知道外面的世界。她一生沉浸在每天吃上肉的幸福满足之中，如今七十多岁了，还爱大块吃肉。这是让青春与壮年的汗水都淌在了抢收抢种的忙夏的女人。而那碗辣椒炒肉依然深深地潜藏在少年的味蕾中，让我想起少年的夏，忙碌的夏，忧愁的夏，姨母在田埂上奔走的夏，在乡村度过的漫长的夏。

乡村的夏，真是长，涓涓细流一样长，明月相思一样长，沉潜往事一样长。

乡村的夏，写不尽，道不完，说不透。

乡村的夏，怎一个“长”字了得。

2016 年 5 月 17 日

# 阿公阿婆，割麦插禾

芒种，端午之后的第一个节气。

这时节，大麦、小麦等有芒的植物成熟了，晚稻该下秧，于是，就叫“芒种”。元代吴澄的《月令七十二候集解》云：“五月节，谓有芒之种谷可稼种矣。”

只是，如今江南田野里，大麦、小麦种得少了。面粉便宜，而麦子又多芒，不好拾掇，南方人宁可种水稻。于是，田野上很少再能看到麦芒。芒种，这个节气，也似乎要被人淡忘了。

每年五月末、六月初的时候，天气一日日升高，空气暖暖的，风吹在脸上，湿糯糯的，像孩子温柔的手。行走在田野，脸上不时粘一两根游丝。蜘蛛挂在空中，游来荡去，螳螂在草丛里产卵，布谷鸟在枝头长啼。

“东风染尽三千顷，折鹭飞来无处停。”（宋代虞似良《横溪堂春晓》）这时节，麦子黄了，该拿着镰刀出发了。麦地干旱，双脚不用踩在水田；小麦芒短，不刺手；麦秆儿空心，割起来比稻子轻快。麦子是怎样脱粒的，是不是有专门的脱麦机，已经忘却。只记得割完麦子，将麦秆儿截成一段段麦管，做成哨子，凑在唇边，迎着春末夏至的风，吹个响亮。这就是麦哨。

孙犁在《白洋淀纪事》中描绘的麦秆儿的使用，如今看来，仿佛是古人的生活了。抗日伙伴们泅在水中，嘴里咬一根麦秆儿，露出水面，方便透气，就能在水下潜伏许久。这技艺，今天的孩子已经不能体味，就像麦哨一样。乡下，孩子们没什么玩具，用麦秆儿做的哨子和扎的麦秆娃，今天还能在市场上见到。

手巧的婆娘，用麦秆儿编扇子。将麦秆儿洗净，晒干，编成麦辫儿，团成一个圆，中间蒙上绣片，装上竹柄，扇子就做成了。麦子收完，崭新的麦秆扇儿一把把摊在店门口。母亲买两把回家，用做鞋剩下的边角料包起扇边儿，缝得密密实实。芒种过完，有了蚊子，就该扇不离手。家乡的扇子，除了麦秆扇儿，也有棕扇儿——一柄棕竹叶，周围剪去圈儿，用棕竹皮包了边。扇起来，风猛；拍在身上，刮刮擦擦起声音。扇不多时，扇面就裂了缝。不如麦秆扇儿，韧实、好看，拿在手里，软软的，拍在身上，噗噗有声，风也柔和，清爽。如今，扇子少用了，麦秆扇儿更消逝了踪影。

麦子收了，得抓紧做秧田。这时候，田野上，农夫走路都卷着裤脚儿，露出两条黄褐泥腿，连奔带跑，裤腿上都是泥星子。破斗笠下的脸，油汪汪，汗津津的。女人的头发糊在脑门上，没空捋一捋。老牛被鞭着出了栏，慢条斯理，站在田野里了。它甩了甩脖子——脖子下垂着厚厚的皮，头昂起的时候，眼睛睁得大大的，瞳孔里流露对春耕虔诚的敬意。

芒种，是农业种植最重要的节气。别的节气都有关天气，只有芒种，谈的是植物与人。这样一个节气的设立，大约为了提醒农人，要把握种植时机。再过十多天，便是夏至了。夏天一到，阳光、热量充足，作物长得飞快，要赶着下秧苗呀！

农人的生活，看天走。天热了，就少不得勤快些，忙碌些；天凉了，日子就松散些，人也闲下来了。神话里，逐日的夸父，我总觉得，应该是最早的农夫。他得跟着太阳走，用身体的劳苦换取食物，填饱肚子，延续生命，直到不能再追逐太阳的那一天。

夸父，就是农夫的宿命。

而教导人们播种五谷的神农氏，在小人书上，是一个跟着孤老婆子生活的孤儿。他一个人在庄稼园子里静静长大，看植物开花、落叶、抽苗、长穗，果实落在地上，长出新苗，新苗长大，结出新的果实。这是他玩耍时的发现。这个孩童小小的惊世发现，养活了整个华夏民族。那落在地上的种子，抽出芽，蓬勃生长，也就是芒种的时光吧！二十四节气，只这几天，是一年中最该忙碌的时候。这是神农氏的后代对人们的提醒。这个提醒，就像一颗种子种进农人心里，一到阳光遍布大地，空气中打着五彩光晕，它就生根发芽，长出繁硕枝叶来。

芒种过后，村庄恢复了安静。禾苗在田里一天一天地长，农人悉心照看秧田里的水。冬日里荒凉干涸的沟渠，又流水汤汤了。清凉温润的水流，活泼泼地在渠里欢动，发出叮咚响声。秧田，因了流水的灌溉，变得澄碧一色，映照出天空荡漾的白云，以及空中飞过的轻快的布谷和麻雀。风伶俐得像个孩子。稻草人插在秧田的角落里，欣赏着稻田青青。再过些时候，秧苗就该长高了。

将新收的麦子碾了粉，加工成面饼，趁着梅雨还没来、太阳大，晒干，晒硬，压在竹箩筐里，存放起来。一年的面食，就有了保障。芒种过后，是加工厂最忙碌的日子。村庄上空，弥散着新面的粉香。

芒种过后，大墅人忙点喜欢的吃食，就是炊肉圆子。将番薯粉兑水，稀释成泥。将新鲜的猪肉放进生姜，剁烂，和番薯粉泥搅拌在一起，放到蒸锅上，蒸熟，蒸透。这时候，粉是透明的，肉夹在粉中，一团一团，端出来，热腾腾的，好看又好吃。有的地方流行用莲叶包，就叫粉蒸肉。这自然是巧妇的发明。芒种季节，正是青黄不接的时候，桌上少菜，粉和肉搅在一处，就能做出美食。芒种，在这样忙碌的日子，也有了口头的味享。

另一道菜，叫瘌痢粿。就是在薯粉里加一些嫩南瓜丝儿，炒得黏糊糊。这道菜，要趁热吃。凉了，番薯粉就硬了，少了热腾腾的酣畅滋味。

古代有为的皇上，注重养民。养民，就得利其时。农民种田，粪溉有时，耕耘有节。风和日丽，稻田青青的景象，朝廷的达官贵人也欣然前往观瞻。明朝贤臣王直在《耕乐记》中，描绘了一个臣子所见的景象："当风日和煦之际，吾往观焉。郁者达，稚者秀，日异而月不同，诚若有相之者，其乐加焉。"

芒种，忙的可是天下社稷。

芒种，闲人神思渐渐困倦，尤其到了午后。身上的衣衫一件件薄下去，心里想着，漫长的夏天就要来了，更觉得神思恍惚。如若天偏巧下了雨，连天细雨，沾着湿热的气温，立在屋子里，出不去，眼睛瞪着门前架上嫩生生的南瓜，底下那一丛败了的萎黄的花儿，就凝了神。这时候，不由想起南宋陆游的《芒种后经旬无日不雨偶得长句》诗来：

芒种初过雨及时，纱厨睡起角巾欹。
痴云不散常遮塔，野水无声自入池。
绿树晚凉鸠语闹，画梁昼寂燕归迟。
闲身自喜浑无事，衣覆熏笼独诵诗。

芒种，农人是忙的，诗人还是闲的。从闲里看忙处，忙里落闲处，日子在忙与闲之间，一日日，不知不觉地过去。仿佛这日子也一日日绿起来了，如苗儿似的，一日日壮实起来了。

2017年2月28日

# 立冬，闲落落

立冬了。

昨天，天还是暖的。今早，气温突然下降。没想到，穿了领薄衣出门，风里走，瑟瑟的。凉，秋凉。

冬寒，远着呢。

记忆里，江南的天气，也曾四季分明：春天是春天，不那么短；夏天是夏天，没那么长；秋天是秋天，神清气爽；冬天是冬天，一定下点小雪。

如今，日子却越过越模糊了。

今儿晚上，都立冬了，雨，依然下得野，下得有声，下得张扬。门前的草木，依然葱茏、丰茂、精神——一点儿都觉不出冬的景象。

天，跟人一样，过着过着，性情变了。

立冬，在霜降之后。少年在大墅，这会儿，该落霜了。

鸡叫，早过了三遍，牛在栏里，猪刚醒来，太阳挂山岗了，一家人，除了姨母忙早饭，大家都安然睡着。

大家，除了人，还指牲畜。

牛、猪、鸡、狗，和人一样，都是家里的成员，地位相同。牛，是最值钱的壮劳力。猪，攒着一年的家用钱。少了鸡，嫌冷清。狗不叫，不兴旺。

冬天的乡村，人畜一样安闲。

姨母还没吃，先提着木桶去牛棚。玉米秆切细了、剁碎了，是牛的粗粮；小粥拌玉米，是牛的细粮。猪，不能光吃草，也得喂稻谷，喂玉米，喂番薯。

小时候，逢过年，父亲铺开纸写对联。我站边上，涂两笔，最后一张“六畜兴旺”，歪歪扭扭，难看，贴牛棚上，牛认不到。人过节，牲畜也过节；人享受，牲畜也享受。人畜同甘共苦，才能家业永兴。

村道上，不见路人。早晨起来，端一碗浓稠的新米粥，往门前一站，碗沿上方，腾腾的，袅娜着一丝白气，粥汁入口，稀溜溜的，嚼点冬腌菜，吧嗒有声。粥喝完了，托着碗，傻愣愣的，站上半天，两眼空茫地望着远处，发一会儿呆，什么都可以想，什么都不必想。

冬来了，这闲落落的光景，盼望着的，终于还是到了！

田地闲下来了，泥土一片衰黄。空旷的田野上，庄稼拾掇干净了，油菜、小麦的种植还未到时候，除了种些蔬菜。青菜、萝卜、芹菜、小葱，每样种一畦，够吃就行。

旷野无声，荒凉之气薄薄地笼罩于田垄。空气凝滞着透明的青蓝，只苍苍的，不动。曲迂而逝的凤林港水上，雾气苍凉，山峦沉默。对面村庄传来一声鸡啼，听得清晰了然。

塘里的荷枯萎了，萧索着茎干，枝枝直立。田埂路边的泥坡上，金黄的野菊花，一簇挨着一簇。叶子落了霜，花却显得更加动人了。

山坡上的柿子树，黑苍苍的，挺着干而硬的枝丫。叶子红艳艳的，为山色增添了一道明媚。

村社里，该放电影，忙村戏了。放电影的消息，是口耳相传得到的。晒谷畈，鹅卵石滩地，午饭后，背着条凳去占地方。大多是长板凳，也有背两把靠椅的。还有抱块大石头的，往前一搁，也算占地盘了。

放电影的晚上，跟过节一样。河滩上，电灯泡高高挂起来了。一块四方的幕布，挂在横杆下。两边满满地挤着座儿：正面能看，反面也能看。时间还没到，孩子们早早上场，前呼后拥，奔来跑去，老鹰捉小鸡，丢沙包，踢毽子，热闹的气氛总能感染孩子。

那时候，供销社里几乎没书卖，电影、村戏是乡民仅有的文化娱乐。印象里，该放过《闪闪的红星》吧，记忆不甚清晰了。“小小竹排江中游”，电影里的场景，不就是凤林港吗？当年，方志敏率领大军，从淳安擦境而过，那光景，就跟电影差不多吧！

童年，趴在母亲背上赶场子。记得《追鱼》里鲤鱼精被刮去鳞片，疼得在地上打圈儿。长大了，第一次杀鱼，刮鳞片，试了几次，竟下不了手。扮演林妹妹的王文娟，在上辈人眼中，自是赛若天仙。大墅的一个单身汉，看完电影，莫名失踪了，据说去找寻林妹妹了！

立冬，又称“寒衣节”，按照俗例，该忙着添置新衣了。一家人的年衣，是该张罗的时候了。

过年，孩子是少不了新衣的。孩子们一起玩儿，没新衣穿，会被嘲笑，让大人“跌股”，丢面子！女人们爱攀比，日子再穷，晚上顿顿薯粥，身上脸面却还得蒙！哪怕数尺咔叽，一双解放鞋，便宜不过，总要给孩子对付过去。爱面子的女人，冬闲了，手上故意抱个毛线团儿，走东串西。那年月，毛线还是奢侈品。

成衣店少，农家流行请裁缝。裁缝兜里揣一卷皮尺，两根针线，手上空无一物，却走东串西，顿顿吃香喝辣。要添置新衣的孩子，一个个量了尺寸。有的村妇特别热衷打扮，爱惜自己，抓了机会，也要添一身新，和裁缝的关系就稍近一些，常能讨两块零碎边料儿，纳鞋底。

村里的裁缝，通常是腿脚不便的男人。士农工商，排序有先后，务农才是庄户人的正经行当。裁缝，毕竟是内事儿。大男人，干女人的活儿，多少让人轻贱。

印象里，两个患小儿麻痹后遗症的男裁缝颇受欢迎。这两个男人，年纪大些的轻声细气，做活儿专注耐心，手下的衣服一领清，很讨人喜欢。后来，他在镇上开缝纫店，娶了面貌标致的妻，生了两三个孩子，日子过得比庄户人体面、干净多了。人们都称他“先生”。

另一个，是村里的小伙。他学了“先生”的样儿，做起裁缝来。他一脸络腮胡，一头浓密卷发，看上去，竟不像大墅本地人。按他母亲的说法，幼年躺在竹椅里，一阵妖风过去，从此就站不起来了。裁缝后来的日子怎样，不甚清楚。听说也娶了个分外标致的老婆，似乎过得并不省心。

立冬，炭火盆还没搬出来，烤番薯、上米酒还未到时候，热豆腐却可以吃上了。黄豆新收了，石磨洗净了，厨房里响起骨碌骨碌的声音——磨豆腐呢。磨成的浆汁倒上卤水，慢火熬着。浆汁起了白花花，一朵一朵，像是云彩倒映在河水里。将豆腐花撩起，倒进布纱，压实，裁成一块块儿，就是白豆腐了。

喜欢喝豆腐脑。自家做的豆腐脑，口味糙一些，比不上饭店里卖的精细。可以撒点葱花，倒点酱油，拌些河里捞来晒干的小虾米。

最好吃的，还是腊豆腐。浆汁起花了，加入少许盐、黑芝麻、柑橘皮、辣椒丝。撩起，压实，分成小块儿。晒干，晒透，摸上去，硬邦邦。表面呈褐色了，再拿到火上烤，或者，切片儿，放铁锅里挞。干透，掰开，里面腾出一股窈窈的香，就可以吃了。腊豆腐，分外韧实，有嚼劲。逢年过节，大墅人用来做礼物。

如此说来，立冬，也是忙的，尤其女人和孩子。

立冬，忙的可都是闲事儿。日子好不好，不看忙处，只论闲处。闲事儿多，日子才有味，才缤纷，才响亮！

2016年11月10日

# 落雪，岁月静美

生活在大墅，下雪的日子并不多。

大墅的气候，是典型的湖泊气候。湖水汪洋，是天然的空调，夏天凉快，冬天暖和。

大墅，窝在山谷间，盆地里，平日就安静。汽车经过，发出一点声音，都被吸附到大山里去了。逢着下雪，便更安静了。

田地里，大道上，分外空了，一个人影也没有。大墅桥安闲，静穆，河水也没有响声了，风也寂静了。

河埠头上，早没了人影。雪花落在水面，无声无息。河面空空荡荡，岸上落了雪，河流显得分外宽阔了。两边的田野，白茫茫一片，遮住了，多么干净！偶尔，一两只麻雀在空中飞过，落到雪地上，蹦跳，觅食。人在谷中站立，哈口气，搓搓双手，凝望远处连绵成峰的山峦。深处传来一声鸟叫，不知是什么鸟。

雪天，河里结了冰，井里却冒着热气。水提上来，是暖的。一两个村妇，戴着箬笠，披了塑料雨衣，挎着脸盆，上井沿来了。村妇洗了青菜、萝卜，搓了抹布，只不多几样，就起身回去。没人在雪天洗衣服、干农活。雪天是老天叫人休息的日子，不合时宜地瞎勤快，一年忙到头，不能休息，会遭人笑话。

乡村的冬天，更像一个人走到了晚年，在椅子里一坐，就是大半天。时间是凝固的，声音是凝固的，心思也是凝固的。所有的嘈杂、纷繁、烦忧，都即刻停歇下来了。人到暮年，只消坐在门口，一天天等待，等待日子一天天过去。一年，五年，十年，过得像是同一天。这便是生命季节的冬天了！

待在大墅，倘若下雪，便什么都不想做。下雪天，最是单调和无聊。然而，无聊中亦有着淡淡的闲的滋味。不无聊，便似乎不像下雪天。

站在石门槛里，凝望门外的地面，雪的脚细细漫漫地落，心里闲闲的，有些萧索的意味。这一望，就是半天。要不是风把雪花吹进屋里来，冷风上了脸，沁入肌肤，就会一直看下去。

下雪，屋外的景色是白的，亮眼的，花花的白；屋内却是暗的，沉默的、无声的暗。长时间待在昏暗中，连呼吸似乎也要昏暗下去了。就踱到门口，靠在壁上，做了门神似的，呆呆地望上几眼雪花，眼睛又重新亮起来了。这才能分辨，到底是晌午还是傍晚了。

坐在炭火盆边，双手烤着火，眼睛望着木格窗棂。窗棂上，白乎乎的，罩着一层塑料纸。除了白，什么也看不见。但是，偶尔能听到雪的脚悄悄地触碰着它，窸窸窣窣，仿佛触碰在心坎上，仿佛不够温暖的心也罩着塑料纸。这窸窸窣窣的声音，就从心坎上发出来。满心眼里，只有这万籁俱寂中，窸窸窣窣的声音。

厢房里，板壁被炭火烘久了，闻得出干燥的气息似的，拨火钳碰到了，发出咚咚的响声。往火盆里加几块木炭，噼噼啪啪燃起火来了。待火渐渐地歇下去，支开铁帘，烤上一块豆腐干，一块番薯，温上一汤瓶萝卜咸肉。

更多时候，什么也不想吃，只呆呆地坐着，一个上午，一个下午，忽然就到了晚上。窗棂上的白渐渐地黯淡下去。灯亮了，厢房里的家具，旧式的花床，带围栏的书桌，漆着梅兰竹菊的衣柜，都突然生动起来，发出亮晶晶的光，心里就更静了。

此时，此地，此人，融合在一处。安妥妥的心，似乎也烤暖和了，膝盖也烫乎乎的了，渐渐地打起盹来。再坐一会儿，就得上床歇息了。这一天，便过去了。

男人，雪天里，总要喝点酒，暖暖胃。陶钵里的米酒，倒在粗瓷青花碗里。几个下酒菜，咸肉炒辣椒，鱼干炒辣椒，豆腐炒辣椒，青菜炒辣椒，都是辣的，没什么不放辣。品着小酒，看一眼门外的雪花，心里安详，桌上热腾，便觉得生活有滋有味，心里想念着，老大老二什么时候该回来了，一家人就要团聚了，孩子叫爸，叫娘的嗓门，仿佛即刻就要响起在门口了，然后再朝院子里望一望。狗也蹲在门口，望着屋外，似乎都在想念同一个人，都在盼望那个声音在院门外响起来。

农村的孩子，通常自得其乐。表弟找了一个铝匙子，架在两块炭火中间，里面放一粒黄豆，一粒玉米。一会儿，“啵”的一声响了，拿筷子夹住，往空中一抛，张开嘴巴接住。也有接不住，或被抢了的。下雪天，没法跑出去，待在屋里，找些乐子，边吃边嬉，温暖而快活。

找些树枝，翻出盒子，用平日收集的花花绿绿的糖纸，扎起花，一小朵，一小朵，缀在树枝上。又找几片绿布，剪出叶子，找个陶钵，将树枝插起来，放到窗台上。团两个泥人，外面粘上白石灰，插两颗炭粒做眼睛，描了眉毛，放陶钵前。忙完这些，就在窗台下写作业。写一会儿，看看花朵和泥人，再写一会儿，看看花朵和泥人，心里美滋滋的。

南来庵学校里寄宿，长了冻疮，坐火炉边，脚痒。表姐在灰里埋了个萝卜，煨烫了，拔出来，让伸出脚，猛然按到冻疮上，痛！表姐说，多烫几次就好了，活血化瘀。母亲织了毛线袜寄来，蓝色和红棕色——喜欢的颜色。套上厚厚的棉布鞋，走起来，笨笨的，有响声。

夜，雪无声无息的，越下越大了。清冷之气从瓦片间、屋檐下渗进来，从板壁的缝隙里挤进来，被窝里暖水瓶也冰凉冰凉的了。半夜里醒来，枕在床上，侧耳听，什么声音也没有：鸟没叫，鸡没啼，狗没吠。

心里想：雪究竟多大了呢？明早开门，雪有几寸厚了呢？

村庄，躲在雪中的山谷里，悄悄的。

现世安稳，天下太平。流年似水，岁月静美。

这，就是大墅的雪冬吧！

2016 年 11 月 23 日

# 年日里，温暖的人情

无论生活在哪里，年总是要过的。按照古时的说法，年是一种凶猛的怪兽。用一个节日对付它，无非是用各种手段，把它制伏了，以便开春之后，万事和顺。

一生之中，要过那么多年。小时候，觉得过年稀奇。一年之中，日数月盼的，只巴望着过年。过年有公鸡吃，有新衣穿，有压岁钱拿。

孩子的愿望最纯朴，却也道尽了人生的三大愿望：有吃、有穿、有点余钱。等到孩子大了，大多数人忙碌一生，也无非就在忙这三件事。

大了，左口袋一摸，有几张闲钞；右口袋一摸，有几张银行卡。日子也仿佛缩短了——眼睛一眨，年关又到了，年味也稀松平常了。

前年，我的孩子坚持独自过年。我们都回了老家，他一个人待在城里。回来后，我们问他：“年过得怎样？”他说：“很好啊！”瞧瞧，年在新生代的心中，原来是可以一个人过的。这寡淡寡淡的年味，不知道乡下人听了作何感想。

随着年岁逐增，一到过年，就生出往乡下跑的冲动，无非就是渴望个节日里的人情，东家长西家短的人情。

年轻时候，最烦这些七大姑八大姨的人情，觉得过年干嘛要串门呢？干吗要回乡呢？有这点闲暇，不如挎包出门旅行！走完东家串西家，这年有什么意义呢？不都是几张老面孔吗？不都是些扯不清的家长里短吗？要命的是还要挨家串，准备礼品和红包，真叫累人！真让人不耐烦！

可是，年过四十，想法逐渐改变了。

一到过节，就觉得待在城里冷清。除了出门旅游，无非就是泡个电影院，找两株桂花树，喝个茶什么的。无聊！城里人过年，亲戚朋友挤一个包厢，围一张大桌子吃一顿。完了，挤卡拉OK嚎两首歌，这年就算完满结束。

还是无聊。

而到了乡下，得一家家走亲戚。走亲戚，关注的是，亲戚的日子过得怎样。过得怎样，一是看房子和装修，二是看餐桌的吃食。造新房了，新装修了，都是大事。吃食上，和城里没什么差别。譬如，以前只在城里看到松子、桃仁之类的果子，海参之类的水产，现在很普遍了。

乡村的日子正一日日好起来。乡下的房子大而阔，亲戚来了，能吃能睡，没必要订包厢挤歌厅，就见得丰富而宽裕。关键是闲谈和聊天。城里人共挨一堵墙，却相聚少，闲谈少。在外面茶室里闲谈，毕竟比不上在家里谈悠闲自在。围着火炉，看门外的雪一点一点飘下来，听长辈晚辈拉话——今年赚了多少钱，家人身体怎么样，有什么矛盾要调和，就觉得温暖而舒心。

钱不在多，够花就行。烟照样能抽，酒照样能喝，就是好的。烟酒离了手和嘴，还叫日子么！老公老婆吵个架，不算什么。都是一家人，不吵不亲。亲戚们帮着你一句，我一句，也就劝和了。晚辈们年岁长的，也该恋爱成家了。大伙儿坐下来，你一句，我一句，帮着出主意，等过了年，就能把对象领回家。

除了这些人情温暖之外，对节日的讲究也渐渐地淡了。譬如，儿时，除夕是一定要放炮仗的。关门吃年夜饭，吃完饭开门迎接串门的乡邻，为了图吉利，得放一阵炮仗，才能把门打开。除夕，灯点到天亮，人也在火炉边坐到天亮。到了后半夜，门总是要关的，又得放一阵炮仗，才能把门关上。坐着聊天，得嗑瓜子，瓜子壳满天飞，在炉边的水泥地上铺了厚厚一层。可是，初一一早，开了门，客人来，只能继续嗑，不能把壳儿给扫了。直到年初三，垃圾是不能扫出门的，扫地那是去财。乡下做媳妇，得懂礼数和规矩，不能瞎勤快。

有的村庄流行过小年，就是腊月二十四。这是旧例长工回家的日子。给地主家干活，再忙，腊月二十四也得放长工回家了。倘若这紧要的日子也不能放过，那便是黄世仁和周扒皮，是要遭乡下人痛斥的。乡下人粗鲁，痛斥完，很可能就握紧了拳头。聪明的地主常常是乡绅兼民间政治家，懂得笼络人心，腊月二十三就放了假，给长工一天跑腿回家的时间。在过去，年过得好不好，日子是不是滋润，腊月二十四能不能正常回家，是一种考量。现在不讲究了，在外打工，常常除夕才放假。过小年的氛围也就渐渐地淡了。

每到过年，杀猪匠最受惠：挨家挨户，亮一身好手艺，还能在除夕前，吃个肚圆肠肥，鼓满腰包。平日里，猪只管吃，懒，不练嗓子，这时候，猪嚎满村，也并不吵人耳朵，也没人照应。大人小孩都乐意猪遭罪，喜滋滋地看杀猪匠玩耍两把雪亮的刀和匕首。白刀子进去，红刀子出来，那个狠呀！人们常说“红白喜事”。为什么叫“红白喜事”？大约跟杀猪有关。人喜庆的日子，就是猪牺牲的日子。对人来说，是红；对猪来说，是白。

如今，家里放着大木桶的人家越来越少了。大木桶又叫洪桶。听听名字，就知道桶之大。洪桶是拿来褪猪毛用的，大铁锅里烧沸一桶热水，刚放了血的猪被扔进桶里，雪地上清晰地落着一摊热血。没办法，没人管。杀猪匠拿一把雪亮的刮刀将毛一层一层地刮了，直到肉变得越来越白。褪干净毛的猪，被扔上大案板，斩成一条一块，挂起来，这活儿才算干完。孩子和女人看得口咽唾沫，就为了一脸盆猪血。猪血，就像红豆腐，煮了吃，据说可以补血。孩子和女人，血气不足的，就等着这碗滚烫烫的猪血。喝下，脸发热了，红润润的，有了血色，立竿见影。男人等着吃大肉。肉被切成一大块一大块的，就像水浒梁山的好汉吃的肉一样。在火炉上的铝锅里、汤瓶里炖熟了，那个香呀！真是香，香得没了鼻子！

再过几天，就是元宵节了。按乡下的年俗，元宵节前，都算年内。过完元宵节，这年才算真正的结了。

2017 年 2 月 8 日

# 正月里，赶十八

大墅人方言俚语中，喜欢用“赶”这个字。“赶紧”、“赶快”、“赶不着”、“赶着”……“赶”字用得多，说明当地人性情上图快，图好，以为“快”就是好，性情是稍显急躁的。“赶”字用得多，也说明素日里忙碌，没得空闲，要下功夫做一件事，就很“赶”，以至于过个节也得“赶”。

母亲年轻时候，要雕刻一枚私章。她普通话说不标准，私章雕好了一看，竟然是“赶嫁”。那雕工着实不明白，以为外婆家女儿多，重男轻女，生下来就得赶紧嫁出去。其实以“赶”作为名字的人有许多，体现了当地人喜欢动作利落，厌弃拖泥带水的性情与态度。

元宵节，别的地方过正月十五，十五赶不上，就过十六，没地方过十八的，除了大墅镇儒洪村。至于为什么要过十八，据说这天是明朝永乐年间严州知府余炳的诞辰。在他任期内，天气连年干旱。地裂了，草枯了，黎民百姓焦渴地盼望天降甘霖。余炳心急如焚，亲临道场，在炎炎烈日下求了三天三夜的雨，被活活晒死。这不知道是不是真的。人被晒死，当然是奇闻。也可能是，余炳的身体本来就不好，黎民颗粒无收，他看在眼里，急在心里，忧患重重，终于扛不住，倒下了。总之，他一死，上天就连降三天三夜大雨。百姓觉得是余知府以性命感动了上天，就将元宵节改为正月十八。

话说回来，为什么是“赶十八”，不是“过十八”？“赶”字说明人多，就像赶集一样。人多的地方，跟着去凑热闹，就是赶。因此，赶，还是一种气氛，一种场面。如果人少，冷冷清清，大伙儿都不愿去，也就用不着赶。因此，赶十八虽然只是儒洪村的习俗，方圆村庄里的人们也必然是要赶着去凑热闹的。

大凡有热闹好凑的地方，一定有东西看，有东西吃。要紧的是，素日里乡村大多安静，热闹的日子少。过个节，如果不热闹，那就跟白过一样。正月十八，农事儿一箩筐还搁在那里，时辰未到，惊天的第一声春雷还未响起，土地还睡着，农民们就还能舒坦几天。元宵节刚过，年节就要尽了，味儿还挂在嘴上，余韵未歇，心里那一种过节才有的散漫还没收起来，盼望着再回个味儿。因此，赶十八就来得正是时候。别地方的年节都过完了，就儒洪村的年节还留了这么个尾巴。尾巴一甩，方圆村庄里的人都跟着心思摇晃，就急着赶过来了！

我在乡村的日子短，并未去赶过十八。不去赶，是因为年少时赶过，拍拍脑袋就知道能赶出什么热闹场景。加上现在通讯发达，一赶完，有人就拿了视频上传了。看看视频，回想一下在乡村的经历，就能知道有啥东西能吃能看，就能体味到乡民们那种纯朴的热闹劲儿。

舞龙灯，耍狮子，抬台杠，演大戏，小时候，都曾见过。如今，大墅发展旅游业，赶十八成了民俗观光的特色节目。这龙灯舞起来，狮子耍起来，台杠抬起来，大戏演起来，必然更有趣，更有味儿，气象更恢宏，场面更阔大。乡村的日子平常多冷清。年轻人外出打工后，乡村就更冷清。老人、小孩，守在村里，没个滋味。赶十八一舞、一耍、一抬、一演，多留住年轻人几天不说，还邀来了许许多多的外地游客。这是农人们喜爱的事情。大墅人好客、热情、爽利，山里人瞅着外面的世界，都带着艳羡的目光。这一回，外地人赶到山里来，看农人们的表演，让农人们的心头倍添了几多自信和豪迈！

发展乡村旅游，活跃的不仅是山里的经济，更活跃了闭塞山乡一辈子没出过大山的农人们的心和眼。七老八十、行将入土的老农民，看到自己素日里无人问津的生活，居然也能得到见多识广的外乡人的关注！那种受到关怀的满足和自我发现的荣耀，会使他们产生不虚此生的喟叹！

我不知道从前儒洪村的赶十八有无那么长的板凳龙，就是抬台杠，去年赶完，乡人将视频发给我看，航拍的场面煞是壮观：板凳一条连着一条，串成长龙，在村庄的小巷子里回环、盘绕，两边人挤人，“舞竹马”这种行将消逝的乡俗又重新活跃了起来。整个村庄灯火通明，人山人海，气象万千！

少年在大墅，赶过集，赶过戏，赶过节，赶的滋味依然烙印在心头。在乡村，如果不是有这么一场场热闹要去赶，那还有什么滋味呢！这就好像一年到头吃素，捞不到一顿红烧肉吃，就好像一年到头穿着粗布衣服伺弄庄稼，逢年过节也捞不到一身新。赶的滋味，在赶本身；人挤人，滋味在挤；凑热闹，滋味在凑。赶十八，乡人们都知道正月十八过元宵节只在儒洪村，就都往儒洪村赶，硬生生把这个遂安第一古村给撑破了！

赶的滋味，体验最深的就是孩子。对家乡文化习俗的了解，不是在书上，而是在一场又一场热闹的“赶”中。节过了，农人们桥头相遇，问候一声：昨日里赶上了吗？答曰：赶上了！言语之中，就有一种悠然自得的满足。倘使没赶上，这回答的人必然前面要叹一口气：“啊哩！”严重的还要拍一下大腿，以表示损失惨重，心情失落。孩子因了这一场场的“赶”，不仅觉得日子过得有滋味，而且，重要的是，了解到了当地的文化。有朝一日，他们长大了，回味起少年赶着看的戏，便组织几个人，再一同跳一跳竹马，唱两句山戏，让新一茬的孩子接着看。这文化自然就有了传承。文化，尤其是乡土文化，不在书里，而在行走的人身上！

这大概就是赶十八，赶集，赶节，赶戏……赶一切可赶之事与物的意义吧！

2017年2月27日

# 南山种麦，走村观马

正月是新年，呀子依嗬呀
正月是新年，哪嗬嘿
夫妻双双去拜年，去看灯
去拜新年，看灯呀嗬嘿
哎，呀子依嗬呀，呀儿呀
要把麦子来种，哪嗬嘿

今天是正月十三，再过一天便是元宵节了。

元宵节是看灯的日子。要是在家乡，这时间，便是“竹马班”登门的时候了。竹马班的女戏子一唱，便勾起了大家的向往。是呀，拜完年啦，看灯的时候到啦！

小时候，大约社戏盛行，母亲从戏里学得这几句《南山种麦》小调，便在家里哼来哼去。那会儿村里还没收音机，电线杆上的大喇叭里除了生产通知，连乐曲也不会哼两声。母亲就是家里的收音机。她哼着这一段洗衣服、做饭、挞“莠芳粿”。我便知道她此刻心情不错。我不记得是否看过《南山种麦》了。

故事的大概，说的是淳安山乡农家的日常故事。霜降，村人忙于种麦，王秀英出门做生意的丈夫迟迟不归。她浣纱归来，决定独自去种麦，恰巧丈夫刘兰德回来了。刘兰德做生意折了本，无心干农活，劝说妻子卖掉麻绣做本钱，继续出门做生意。善良、贤惠的妻子用以粮为本的道理说服刘兰德。于是，夫妻双双到南山种麦去了。

我只记得大墅的露天戏台，曾经表演过几回社戏。人们很早就端了凳子去占位置。吃了夜饭，就欣欣然拥过去。天黑下来了，台上的演员在人们的翘首盼望中，终于要出来露面了。人们吊起脖子，巴巴地看。大家关心的是女角儿的长相。长相好，便兴高采烈；长相不好，便叹声连连。有的男人破口大骂起来，女角儿也颇为难似的，更不愿出来了。如此反复，快到撑不下去了，幕后的人一推，硬生生把那难看的戏子推了出来。

脸皮薄的戏子一个转身又退了进去。也有老戏骨勉强打起精神的，靠着唱腔和灵活劲儿，硬生生地将观众的心又重新拉回来。乡村的夜生活贫乏而无聊，人们不看戏，回家也不知道干什么，不如看下去。于是，观众安心下来了，戏台上也仿佛精彩了起来。我却不知道什么时候睡着了。戏散了，趴在母亲背上回来。风凉飕飕的，天空缀着星星，一眨一眨。

初中时候，村社也还有表演。走路过去，挤在人群中，吊起脖子，忘了看的内容。只记得有戏的日子，乡村热闹非凡。但是，因了母亲这两句哼哼，《南山种麦》勾起了我的念想。

南山，在古诗词里是风雅的地名——东晋陶渊明在《归园田居》中就有“种豆南山下”的诗句。陶渊明虽然也在南山种豆，但人家毕竟是县太爷出身，种豆也种得风雅。种完豆，篱笆上采一把菊花带回家，抬头望一眼南山。啊！那心境，完全是荷锄渔樵的悠然自得！

而《南山种麦》里的南山，却完全是准下里巴人的南山。加一个“准”字，是因为戏里这对夫妻是懂得对对子的。名段里，一上场，耕夫刘兰德就让自己的妻子王秀英对对子：

刘：什么花开似黄金？
什么花开白似银？
什么花开一片红？
什么花开黑良心？

王：油菜花开似黄金。
荞麦花开白似银。
草籽花开一片红。
蚕豆花开黑良心。

看，就是对对子，也是下里巴人的语言。村夫村妇，一问一答，言辞质朴，让人联想到淳安山乡的耕读传统。

睦剧，据说，形成于清末民初的淳安山区。淳安，曾叫“清溪县”，属“睦州府”。睦剧角色少，通常只有小旦、小生、小丑三个角，所以民间又称“三脚戏”。道白纯朴粗犷，活泼风趣，乡土气息扑面。二十世纪五十年代初，淳安举办“三脚戏”艺人讲习班，“三脚戏”有了大雅之堂的名字——“睦剧”。

从此，《南山种麦》也进了大雅之堂，成为传统经典剧目。其他还有《牧牛》、《看花灯》、《补背褡》等。听听名字，都相当接地气。《南山种麦》的名段，后来就成为“竹马班”的经典唱段。

有一年，歇了多年的“竹马班”重新恢复了起来。三四个后生小伙，和相貌标致的花姑娘，重新成立了“竹马班”，过了年，敲锣打鼓重新开启了挨家串户的生涯。有一天，就舞到姨母家门口来了。

“竹马”，就是用竹篾做成马头状，表演的时候，吊在胸腿前，一边挥动马鞭，一边将左手提着马头上下舞动，看上去仿佛人骑着高头大马。记得有红马、黑马、白马，其中，一匹马的主人舞了三五下马鞭，来一个跃马造型，就开始唱：

三月是清明，呀子依嗬呀

三月是清明，哪嗬嘿

立在一边，穿红戴绿的标致花姑娘，拎了个花篮，就接下去唱：

家家户户犁秧田哪，做秧田哪

做好秧田撒谷，哪嗬嘿

然后，三匹马和花姑娘一起唱：

哎，呀子依嗬呀，呀儿呀

要把麦子来种，哪嗬嘿

一段唱完了，接着来下一段：

五月是端午，呀子依嗬呀

五月是端午，哪嗬嘿

割起麦子过端午哪，过端午哪

快快乐乐过佳节，哪嗬嘿

哎，呀子依嗬呀，呀儿呀

要把麦子来种，哪嗬嘿

据说，睦剧盛行的20世纪20年代，几乎村村有“竹马班”。后来不知是啥原因，睦剧艺人星散零落，就要销声匿迹了，剧种也几乎濒临湮灭。新中国成立后，及时补救，在五六十年代一度兴旺过。淳安九百多个村庄，剧团跋山涉水，足迹到达每一个穷乡僻壤之地。直到80年代中期，剧团经营困难，难以维系，解散了。

那以后，演员们的生计，如毕飞宇的小说《青衣》里的筱燕秋一样，在疼痛中挣扎着生存。

王姝苹就是挣扎着活下来，并且活得有声有色的一位。作为《南山种麦》女主角王秀英的扮演者，我虽没看过她的演出，但看看剧照，就知道她扮演的村姑该有多美。为了使睦剧不至于无声无息地消失，她曾自掏腰包，成立民间艺团，又辅导各种民间艺团排演剧日。淳安文化宣传部门也成立了睦剧艺社和相关的学校。

2013年7月19日，作为全国300多个剧种之一，睦剧《南山种麦》应邀参加了浙江省传统戏剧折子戏精品展演活动。这是浙江省濒危剧种守护行动的一个重要项目。现场捐赠了首期100万非遗保护资金，用于淳安睦剧、宁海平调、兰溪滩簧、浦江乱弹、泰顺提线木偶、苍南单档布袋戏、湖剧、杭剧、新昌调腔和台州乱弹等十个濒危剧种的保护传承。

于是，我想：南山的麦子还会继续种下去，南面山坡朝阳，是阳坡，麦子是一眼望不到头的。

于是，我也变得像当年的母亲一样，没事儿就哼上两句，就像这两日，元宵节将近了一样：

正月是新年，呀子依嗬呀
正月是新年，哪嗬嘿
夫妻双双去拜年，去看灯
去拜新年，看灯呀嗬嘿
哎，呀子依嗬呀，呀儿呀
要把麦子来种，哪嗬嘿

2017 年 2 月 10 日

# 饮食

我怀念的，正是这般做粿、吃粿的时光。

# 紫李黄瓜村路香

乡下最美的风景,除了桃红梨白,就数家家户户门前的瓜杈了。

黄瓜藤舒张着叶瓣儿，擎着弯曲的小细茎。先是开出一两朵黄花，羞羞的，悄无声息的。等到瓜架上下都热热闹闹开满了，花朵蒂部就渐渐离开了藤蔓，生出小小一截刺茸茸的瓜棒。棒头顶着花朵渐渐长大，直到花朵衰萎、枯落，才肆无忌惮用力长。这时候，门前一抬眼，一条条生碧鲜绿的瓜棍儿便吊满瓜杈了。

古人云：“夏至熟黄瓜。”这说的就是黄瓜成熟的六月。

六月是热闹的季节。不只是黄瓜花儿，还有丝瓜花儿、南瓜花儿也都缠绕在一起，真叫黄花满院。瓜架上，一面毛茸茸的绿墙开出大大小小的黄花，诱得蝴蝶蜜蜂团团飞舞。小鸡在花叶下进进出出，东抓西扒，唧唧啾啾觅食，老母鸡在一旁“咯咯咯咯”，壮志踌躇。

这光景，就一个字：啧。

黄瓜，自小是熟悉的。它是乡下孩子常见的一种瓜，青黄不接季节的嚼头。新鲜采摘的黄瓜，脊棱上尚长着白粒儿一般的小刺，蒂头青青，还残留着鲜汁儿，拿水果刨子一削，瞬间就入了嘴。青青的，不甜，也不涩。小时候，却不怎么爱吃黄瓜，总觉得虽然汁水多，到底乏味得很。不明白为什么要种黄瓜。就不能多种些黄金瓜、甜瓜、西瓜吗？可是，在农家，这些瓜果到底还是不能代替黄瓜。大抵是黄瓜既可以生吃，又能当蔬菜吧！家家户户的门前、地里就少不了这些带刺棱的黄瓜棒。

做媳妇那阵儿，看到孩子奶奶家门前有块空地，心想：开辟成小花园多好啊！脑海里立即生出美丽图景，门前菊花、杜鹃开得如火如荼。未料，孩子奶奶不同意。门前的地，距离厨房不过两三米，是最精贵的蔬菜自备地。果然，瓜架不久就搭了起来，下面再种几行大蒜、韭菜、香葱，齐齐整整，颇为精神，乍看，与农家小院确实更般配些。

想来，乡村对于黄瓜的稀罕，在于这瓜熟得正是时候。乡村的美，在于土壤孕育万物的井然有序。二月桃花三月杏，梨花开落李子来。黄瓜成熟的六月，梨子、杏子都已经吃完了，稻田青青，什么吃食都捞不到，可谓青黄不接。孩子饿了，馋了，少不得要动地头的脑筋。

“紫李黄瓜村路香。”（宋代苏轼《病中游祖塔院》）李子吃起来还涩，黄瓜已挂瓜架了，一搭眼就能瞧见，不大不小，往怀里、袖管或裤兜一塞，没个影儿。瓜棒还不及两指长的辰光，瓜架已经有毛孩儿迫不及待的身影了。

农村地里少了东西，那是常事，算不得偷。路过的人口渴，顺手摘一根黄瓜，饿了，顺手掏一个番薯，那哪能算偷呢！为丢失一点庄稼就叫喊，在乡村就太不识趣了。通常，大方的人家，眼见毛孩攀上了自家瓜架，就会喊："小心，别摔着呀！来，摘几条，回家让娘炒给你吃！"这样的村妇，常常被称赞能干。

是啊，乡村有乡村的礼数。

炒黄瓜，是六月农户桌上的家常菜。炒法也简单。马虎的村妇皮也不去，就切成薄片，推下锅，油里翻炒一下就成了。淳安山乡的人爱吃辣，通常佐以几个辣椒，吃起来，跟生吃差不多，滋味简单。但是，六月菜蔬少，通常做菜的除了丝瓜、莴苣、豆腐、辣椒、番薯藤，就是黄瓜了。虽然多一碗少一碗不足惜，到底也是新鲜菜蔬，进口入心，让人滋润快活。

以瓜为蔬，因为与乡村文明契合，在古代诗文中，竟成了象征平民俭朴生活的意象。南宋陆游《种菜》诗云：

白苣黄瓜上市稀，
盘中顿觉有光辉。
时清闾里俱安业，
殊胜周人咏采薇。

有黄瓜相伴，安居乐业，即使粗茶淡饭，亦其甘如荠啊！

进了城，母亲学城里人家，黄瓜菜也做得越来越精细：竖地切成一条一条，或者连皮也切得薄薄的，摆放出花色，配以胡萝卜、红辣椒、黑木耳，新鲜可爱。长大吃饭店，流行蘸甜酱，黄瓜切开了，盛在精致的碟里，蘸酱吃。也有醋拍黄瓜，做凉菜的，不切，敲扁，敲裂，用醋渍了，酸酸的。

韩国小泡菜也有用黄瓜做材料的。将小黄瓜洗净沥干，切成长段，用刀背略拍，加入盐腌渍，再沥干，投入蒜末、葱、盐、香油、糖、辣椒粉，放进瓦瓮中，三天就入了嘴。

种种吃法，确实丰富，却总觉得少了纯朴滋味。

进了城，黄瓜身价陡增，赶上苹果的价了。被大家熟视无睹的黄瓜，居然被专家提取出一种酶，就叫黄瓜酶吧，很强的活性生物酶。听听名字就够利落的——“活性”！怎么个活法呢？无非能美容。

专家跟黄瓜联系，多少让人感到“王婆卖瓜”。但女人们爱美心切，吃黄瓜、敷黄瓜片就成了年轻女人不可缺少的生活内容。市场上还看到了刨黄瓜片的机器。有的女人为了减肥，拿黄瓜当饭吃，黄瓜成了不少女人的至爱。这是黄瓜始料未及的吧！除了用来吃，黄瓜还可做面膜。榨汁，再混进柠檬汁、蛋清，往脸上一敷，黄瓜就成了女人的脸了！

城里，黄瓜也分等级贵贱，也分本地户和外来户。本地黄瓜不均匀，长短不一，有的弯头勾脑，有的瘦瘦缩缩，但有啥关系呢！揣着本地户口就是神气啊，就有人迷信本地户。整整齐齐，粗粗壮壮，像擀面杖似的，威风，漂亮，看上去精精神神的，却是杂交品种，改良的，大棚地里拾掇出来的外来户，在本地黄瓜面前，是要稍稍低一头的。

总之，别看黄瓜只是简单的瓜果，也能让人感受出岁月更替，社会变迁。但是，无论怎么变，无论乡村还是城市，黄瓜都是一枝长开不败的黄花！

2016 年 2 月 12 日

# 今生不怨
# 埋沙碱

山乡的庄稼，印象最深的是番薯。

江南山乡的主食，除了稻米，番薯就是最主要的庄稼了。这倒没别的原因，无非番薯高产，易种，好吃。

一亩地出产的番薯往往达几千斤，是稻米产量的数倍。随便丢下几根藤，捱过春秋时日，就能巴望丰收了。加工起来也品种丰富——块，条，粉，形态各异，也都好吃。农人靠天吃饭，日子过得咋样，就指望家里两亩三分田地。稻米是田中的炎黄，番薯就是地里的尧舜。有田不种稻米，有地不种番薯，这样的人家没听说过——那简直就不是农户。

种番薯，只消秋收时节，选择个大块实的作种，堆在点着炭盆的厢房里。借着暖，这番薯种就能经冬不坏，直等开春爆芽。这时候，抓几把草木灰拌和在土里，将番薯种摁进泥里，待它呼啦啦滋生出大片翠绿的番薯藤，空着的那几亩地就有着落了。

老家不说种番薯，而说“扦番薯藤”。“扦”就是扦插的意思。春雨季节，眼见得番薯藤长得油泼泼的，叶子又大又嫩，农人们就挎着竹担，拿着剪刀出发了。就着番薯藤枝叶相连的部位，剪出十五到二十厘米的藤茎，趁着春雨连绵，土壤湿润松软，将藤插到泥地里，就可以回家睡大觉了。

等天放了晴，雨水收了阵脚，头顶一个箬笠，缓缓上山坡，看看扦插下去的番薯藤被晒坏没有。如果太阳过猛，就轻敷几把稻草遮阴。藤茎根根直立了，看上去精精神神的了，说明枝节相连处已经长出契根。这时候，只需要安心等待，择机施肥，任它野泼恣肆地生长。

扦插番薯藤是简便的农活，比起插秧，轻松许多。五六岁的孩子也能参与劳动。回乡跟着姨母下田干农活，也扦插过番薯藤。春雨纷纷，披蓑戴笠，山谷宁静，万籁俱寂，全副心思，集中于手中那几根俏嫩嫩的番薯藤上。插下一根，就种下了一个希望。雨水停歇，山气氤氲。弯腰插一会儿，就站起来舒一口气，看天空云卷云舒，任山风滑过脸颊，簌簌拂动春衣。深吸一鼻子山气，空气清新而甜。

给番薯施肥也颇简便。它喜欢草木灰，是农家随处可寻的肥料。八十年代的农村，几乎看不到垃圾，粮食拾掇后剩下来的藤秆草木，多半用来喂牲口、填牛栏猪圈、当肥料，一把火烧在田地里，就是草木灰。只消撒一把草木灰在根部，番薯就长得又大又壮。四月，人家地里还是沉默一片，姨母家就有番薯破土而出了。这都是草木灰的功劳。

收获番薯，就像淘宝，带劲而有趣。挖番薯，得用带齿的耙子，一锄头下去，指不定伤了宝贝。童年时代，农村还缺粮食，母亲唤我挎篮找番薯，就像在田野捡取麦穗。因为细心，我常常收获颇丰，总能得到母亲的夸赞。小小的心盛满了美意，早晨喝番薯粥都觉得分外香!

因为番薯太普通，就像村里随处施舍劳力的粗汉，唾手可得，习以为常，所以人们就不珍惜它。它的地位，颇为鄙贱。形容一个人长得不好看，人们往往说他“长得像个烂番薯”；碰到脑袋里缺根筋的傻汉子，人们会给个“番薯”的绰号。这世上，总有些事物，有些人，虽然劳苦功高，虽然与人为善，虽然对周围的人殷勤备至，却总得不到认可。所得的，反倒常常是冷言冷语的讥诮、酸讽。甚至对一个毫无贡献、无所能耐的孩子，也能指着他说：“傻得像个番薯！”这就是人们从此变得事不关己，高高挂起，明哲保身，冷漠可憎的原因吧。

我却由衷地喜欢番薯，亲近番薯，热爱它憨傻但热忱、实用的本质。初中，老师为筹集班费，带领大家在班地里种下番薯。秋收后，卖了番薯还有剩余，就分发给了同学。

番薯拌酱，做成“酱块”，是老家独有的特产。大概旧社会男人们长年出工在外，需要一种既能做菜，又能当零食且经久不坏的吃食，便发明了“酱块”。将番薯蒸后捣烂成糊，和酱拌在一起，加入辣椒、大蒜、橘皮、生姜、糖，晒干，晒硬，便于存放，吃起来别有风味。

在县城念书，一日，突然想念家乡满村飘荡的番薯香，渴念像虫子一样啮噬。来不及请假，给老师留了张字条，就登上了回乡的船。下船后，步履匆匆，赶了十里路，一脚迈进姨母家门，果然闻到久违了的番薯香。

真金不怕火炼。遭人鄙弃的乡下番薯，进了城却广受欢迎。番薯还有一些变种。譬如紫番薯，个儿小，口味粉，在自助餐厅和玉米块、毛芋头放在一起，煞是可爱。这遭遇让细心的人颇为感慨。有人写了打油诗：“旧年果腹不愿谈，今日倒成席上餐。人情颠倒他不颠，自有真情在心间。羞为王侯桌上宴，乐充粗粮济民难。若是身价早些贵，今生不怨埋沙碱。”番薯的吃法也无多大变化，一如既往地保持淳朴本色，除了蒸，就是烤。但这并不妨碍人们对它的喜欢，一到秋天，街上就充溢着烤番薯温暖的浓香。

番薯在城市为什么受欢迎？是因为吃起来有家乡的味道啊！

2016年2月18日

# 六月酱，豆香满村

十月可酿酒，
六月可作酱。
儿曹念乃翁，
左右日供养。

这是南宋陆游《杂感》中的诗句。六月晒的酱，简称“六月酱”，是江南山乡不可缺少的食物。

农人离不开酱，我猜，是因为盐贵吧！在乡下，听农妇们唠叨一户人家贫穷，总会说“盯着鸡屁股”。大抵是说，穷得盐都买不起，要等到家里的母鸡生了蛋，用蛋换盐。是啊，想那盐是海边出产，运到山乡，自然运费是不可缺少的。供销社里白花花的盐，比酱漂亮，看上去大气，见过世面，不像酱黑不溜秋不招人待见。可是，并不是每户人家都买得起盐，酱就成了盐的替代品。

农人离不开咸味。田里劳作的好手，尤其离不开盐。劳作就是卖力气，挥汗如雨，身体里的一点盐分都流出了。他们在餐桌边坐下，需要好好补充盐分，一是为身体解乏，一是给寡淡的嘴来一点安慰。这时候，家里缺盐，就用酱补。一个农妇不会做酱，就满足不了丈夫的食欲，家里就会少一个好劳力，经济得不到振兴，个中的影响可大了。因此，酱是山里农家餐桌上的主人，灶里的王爷。一个女人侍弄不出一钵合格的酱，就不是一个合格的农村女人；一个家庭缺少一缸口味鲜美的酱，就少了奔前程的热情。

凡我所见，只要是没人拿工资的农家，家家户户的女人几乎都是做酱的高手。我见过姨母做酱，精心地侍弄酱。姨母爱做酱，因为姨母自身就是一个好劳力。她自小在农田拾掇惯了，粗手大脚，家务活并不精细，唯独做起吃食来，却颇为精心。

做酱，用的是家里自种的黄豆。黄豆收拾进来了，黄昏跟邻居村人在灯下闲聊的时候，就倒在簸箕里，一颗一颗地看，一粒一粒地拣。泥粒儿混在里面，得拣除出去。看到了，两指揪着，往大门槛外一丢，扔出去。粒儿瘪不够鼓胀的也拣出来，丢到一边的小竹篓里。剩下的，就是粒大身肥圆滚滚的黄豆了。相貌齐整的黄豆，小部分要做来年的种子，大部分用来做豆腐。用来做酱的，通常是拣选出来的干瘪黄豆。酱通常一团漆黑，再漂亮的黄豆做了酱，也难以看出当年的姿容了。

姨母将瘪黄豆洗干净，放大铁锅里煮。在农村，灶是个王爷。每年过节，农民们会祭祀灶神，贴红纸，以保来年有好的吃食。家家户户都有一个大柴灶，糊两口大铁锅。一家连人带牲口，都得两口大锅喂。锅的使命任重道远。每年梅雨季节过后，天一日干似一日。雨水洒完了，天也扬眉吐气，发着威地亮出一个个帅朗朗的晴天。气温一天天高起来，门前丝瓜花儿一朵比一朵黄，一枝比一枝猛，酒酿花红艳艳地开始吐穗。这时黄豆下锅，满村豆香的日子就到了！

豆香，那是一种怎样的香啊！它跟酒香、番薯香、瓜子香、肉香，自然是不一样的。那是乡下五月末、六月初自然的香味，是氤氲在一个个响亮日子里的香味，是一种能让人生出点期待又谈不上留恋的香味。其他香味能立即勾起人的食欲，只消掀开锅盖就能抓着入嘴了。而黄豆香，却是一种尴尬的香。没人喜欢吃煮黄豆，寡淡寡淡的，还带着点豆腥味，不怎么能入嘴。可是，它毕竟是一种暖香，是村民丰衣足食的象征，是大自然给予辛勤的农人丰收的馈赠。它是温暖的，诗意的，让人怀念的。

豆子煮熟，拿炒麦粉搅拌，粉与豆黏糊在一起。大墅人把大竹匾叫作“捭子”。“捭”是个动词。农人两手抓住竹匾上下扬动，把掺杂在豆子、谷子中的壳儿、秕谷带出去，就叫“捭”。豆子倒在“捭子”里，上面盖上柴叶，晾在阴凉地方，数日不去动它。直到豆子长了黑黑的毛，就是门前晒谷畈支起“捭子”的时候了。豆子倒进另一个“捭子”里，薄薄地摊在竹簝上，让日头一天天晒，直到晒硬，这便是晒“酱黄籽”了。

农民靠天吃饭，说得一点也不差。即使餐桌上的一碗酱，也与老天息息相关。酱做得如何，滋味美不美，关键在老天。这时候，禾苗插下去了，收割还远未开始。农妇们的全副心思，就在那两“捭子”酱黄籽上：那是千万不能让雨水淋着的呀！姨母说起酱，那完全不是普通的吃食，而像个古灵精怪的神仙。这神仙最怕雨，一落雨水，酱就没味儿了。酱除了咸味，还能有什么味儿呢？农人说起来可神啦：一尝就知道鲜不鲜，有无落了雨。大凡酱不鲜的人家，女人是个大马虎，不能持家的主。

做酱，是对女人心思性情的一种考验。

豆子晒干晒硬，就该加入井水，拿大竹棒子搅拌。直到看上去又均匀又黏稠，再将大钵头放在太阳底下晒。这时候，仍然怕下雨。天色一变，无论身在何处，无论手上忙着什么劳作，农妇们都得飞奔回家，将酱缸搬回屋里。靠天吃饭，最怕落入什么不干净的东西。讲究的人家要在钵上支起网罩，这酱吃起来才让人放心。临到晚上，怕灰尘落入，还得在缸上覆盖箬笠。箬笠下再支一根筷子，使热气不至于逃脱不出来，使酱味泛酸。

酱要晒多少天？没数过，不少于九的一倍吧。农人用九来表示晒的日子长。眼见着酱钵四壁留下一道道印痕，酱液渐渐浅下去，表皮变厚变硬，最后成了浓稠的一小钵，老远一闻，都能嗅到香甜味了，这酱就酿成了。

六月酱在农家经常代替酱油，用来炒菜。酱不容易坏，又下饭，成为出远门的农人的首选。豆瓣酱烧肉，是学堂孩子经常的伙食。从不吃辣，到爱上吃辣，酱是其间的过渡。一天，姨母说，在乡下要学会吃酱，我就顺从地带上了一小罐。只是吃了一勺，嘴唇辣得要出血似的，但也就吃上了，从此，一发不可收拾。

晒六月酱，在乡村应该历史悠久吧！家家户户都能自制，这酱里头便蕴含了乡邻的亲情。若出现在诗文中，酱则通常作为一种饱含情谊的物象。从这个角度说，酱也许是受了日光的恩惠，芳香中也弥散着温暖的气息。苏东坡南迁岭南，有一个杭州故人写一封信给他。他欣然作诗《杭州故人信至齐安》：“昨夜风月清，梦到西湖上。朝来闻好语，扣户得吴饷。轻圆白晒荔，脆酽红螺酱。更将西庵茶，劝我洗江瘴。故人情义重，说我必西向。一年两仆夫，千里问无恙。相期结书社，未怕供诗帐。还将梦魂去，一夜到江涨。”酱爆螺蛳，作为故地杭州的菜肴，出现在梦境中，只因看了故人的来信，令人有一种“梦里不知身是客，一晌贪欢”的惆怅。

六月晒酱，在农村，曾是生生不息的景象，可谓流传千年。南宋陆游诗《村舍杂书》云：“折莲酿作醯，采豆治作酱。闭历揆日时，汲井涤瓮盎。上奉时祭须，下给春耕饷。咨尔后之人，岁事不可旷。”做酱，作为乡村的岁事，不可耽搁。村民忙碌、有序，万物从土壤中孕育，得到收作，拾掇、加工成食品。天下太平，生民不息。桃花源就该是这番图景吧！

于是，晒六月酱就有了更深层次的意义。它不仅喻指丰收，好年成，还是岁月平安的征兆，喻示着没有征战，没有劳民，没有苦难，喻示着乡村安宁，岁月太平，喻示着乡村文明在一代又一代的晒酱生涯中得以延续。

至今，虽然远离乡村，一到六月，鼻子边还会浮动起酱的香味。老家来人，也会带上一罐自制的酱。尝一尝酱的滋味，就知道今年故乡豆子的收成怎么样。一小匙甜酱，让人心情安定，想：亲邻们的生活都还好吧？

2016年2月28日

# 麻糍，米香淡淡

麻糍是淳安老家的一种吃食，类似于慈溪、诸暨一带的糯米年糕，却比年糕更糯、更稠。咬在嘴里，甜糯糯、黏糊糊，掺着米香，嘴离了它，还能拉出长长的糯米丝线。

麻糍虽好吃，但并不常做。时节礼俗往来，也很少能收到麻糍。做麻糍，很消耗体力。倘若农妇说服不了丈夫匀出点力气，勾动不了丈夫对麻糍的食欲，那就做不成。麻糍，虽然软塌塌，倚仗的却是男人的力气，缠绵的却是坚狠劲儿。

做麻糍，石臼是必不可少的工具。即使在农村，石臼也是稀罕物件。一个村庄，有那么五六个石臼，就算了不得了。想那石臼，在缺乏机械的工匠时代，需要一点一点用砧子敲出来，凿圆，琢光，耗费时日，耗费精力。它除了将谷物凿成粉，似乎也没有其余的用处。雇佣一个匠工，要管饭，付工钱，花那么大代价，只为了磨粉。这是在磨粉机还未发明的时代。及至机械在农村盛行，石臼也就失去了用武之地。见过姨母隔壁人家的石臼，躺在晒谷畈上，日头晒，雨水淋，长了青青的绿苔。怪不得，石臼一到城市，功能也变了，倒成了种花养草的盆钵。

乡下，农人没有养花种草的风雅，石臼原始的功能也未被忘却。虽然避在一角，已是五月苔痕绿，可到了端午前，它还是要被洗得滑溜溜、亮堂堂，拿出来过一过众人的眼——仿佛度过了漫长的被闲置的岁月，那一两天里，它又活过来了。

做麻糍，自然是用糯米，最好是新丰收的糯米——新糯米的甜香味儿是陈年糯米不能比及的。糯米是谷物中的精怪，许多好吃的食物都少不了它。糯米能酿酒，能做汤团，能做饼，能裹粽子。自然，它也能做麻糍。

糯米蒸熟了，倒进竹篓里。当家的歇了农活，在河塘边洗干净了泥脚，掮着糯米饭篓，就来到晒谷畈。白炽灯就挂在屋檐下了，黄瓜架、晾衣竿，能挂灯的地方都挂上。蹲在角落睡大觉的石臼搬出来了，木头楔子也拾掇出来了。

女人将盛在竹篓里的糯米饭团倒进石臼眼里，男人抡起楔子就开始舂糯米了。“哎哟，哎哟——”男人嘴里唱着歌，踩着步子，双腿膝盖一曲一伸，额头上，手心里，光着的脊背，淌出汗来了。但男人不敢喘，不能歇——周围的人看着呢！

家家户户的女人，都提着糯米饭团篓子等着呢！捣完自家的，还有下家的——乡里乡亲，左邻右舍，不好意思不帮忙。能上这晒谷畈来卖弄力气的都是身强力壮的主儿。都是逮着机会想显摆一身鲜肉的主儿，也有老当益壮，不服老、不屈心的老头，身杆精瘦，面色红润得像虾子。男人喊一声，女人袖子卷得高高的手就往石臼里翻腾一下，嘴里也应承一声。男人的背上，汗水清光光一片；女人的胳膊，油亮亮泥鳅般润滑。

这有节奏的舞蹈吸引了许多看客。他们三五成群，坐着，蹲着，靠着四周的矮墙垛。女人们拉家常，比谁的衣服料子光鲜；男人们话庄稼，比谁家的稻子收成好；孩子们不错过机会，放大胆子追逐嬉戏。一家舂完了，早有下一家等在边上了。人们赞美男人的好筋骨，赞美女人糯米煮得香，赞美这家的黄瓜藤攀得高，赞美那家田里的晚谷苗儿下得早、下得青……

每逢端午或中秋，总要盼着晚自修早点下课，趁着皎洁的月色，一路沿着山道狂奔回家，或抄近路，沿着水边石径，听着瀑布惊心动魄的喧腾，小溪的叮咚，越过田野，来到那片欢乐清洁的灯光下，分一口最新鲜的香糯“麻糍”。

糯米舂烂了，捣成了黏糊糊，麻糍就做成了。晾干、冷却，切成一块一块，就是麻糍了。可是，吃起麻糍来，却各有讲究。母亲最喜欢用麻糍蘸芝麻粉，粉里加白糖——这样，麻糍就不仅有糯米香，还有芝麻香。麻糍虽然好吃，却也不能吃多：糯米是沉甸甸的谷物，不容易消化；麻糍要蘸糖才好吃，吃多了就腻。

过节时家里若收到麻糍礼物，会令人高兴。作为礼物的麻糍，有时候和鸡蛋一样，外头缠上一块红纸，表示吉利、祥和。冷麻糍看上去跟年糕一样，得用炭火烤。坐在烤炉边，看麻糍一点一点生出袅袅的甜香，怀着一份期待的欢喜，只静静地看，悄悄地等。记忆中的麻糍，带着节日的温馨和香甜。

福建漳州也有麻糍，但那麻糍和淳安麻糍口味不同。漳州麻糍相当于糯米团，不过充了别的米，嚼起来呈块状，口感硬一些，外面裹了绿豆粉、黑芝麻。淳安麻糍则保持了糯米本色，吃起来，拖拖沓沓，绵绵长长，单是糯米香，口感纯正。

与淳安距离不远的江山，有麻糍节。节日盛会，就在宗祠举行。那一刻，做麻糍就成了一种表演，成了非物质文化遗产。的确，如果有编舞的行家在场，完全可以根据吆喝声与动作，编排出农人喜闻乐见的舞蹈与曲目。盛会上，还有关于做麻糍的诗歌、摄影、绘画比赛。哪曾想到传统的麻糍，有一天，居然成了艺术创作的源泉。

麻糍，就像一个穿着粗朴的深山姑娘。如今，她的门庭变得热闹了。但，我的心底，还是怀念小时候的麻糍。她就像个温暖可亲的姐姐，本色而馨香。即使今天石臼和木楔都难以找寻，再也尝不到从前的麻糍了，心中还是珍藏着那一缕淡淡的米香，在每一个端午到来之际，抵达喉头。身体是有记忆的，味蕾是有记忆的。

麻糍，就在记忆里悄悄守候，默默珍藏。

2016 年 3 月 3 日

# 平常人家，和美之羹

羹是淳安最富特色的食物。常年奔波在外，从未在别的地方吃到羹。

“羹”字的构造，由“羔”与“美”二字组成，意思是美味的羊羔。而羊羔在古代游牧时代，无疑是主要的肉质食物，其美味不言而喻。因此，用“羹”来命名一种食物，可见此物口味之鲜美。

大墅家家户户都会做羹。外地人不会做羹，也许是缺乏基本的器具。做羹离不开石磨。和磨豆腐一样，做羹先要泡米。将米浸在水中，泡胀了，用手指捻一下，粉粉的，就可以磨了。山乡人爱吃辣，泡米的同时会掺入一些切细的干辣椒，将辣椒与米和着水，一匙一匙地舀进石磨的洞口。推动石磨，流出来的就是红白相间的流汁。在流汁中再兑入水，兑入盐，兑入蔬菜干——通常的是苋菜干、芥菜干。青黄未接，这些菜干都吃完了的时候，也有加入新鲜南瓜藤叶的。再下入豆腐片，和在一起，在大铁锅里煮起来。煮沸了，这羹就制成了。

大墅人吃羹，实在简单方便——拿了粗瓷碗，盛上一碗，随便坐哪里，落肚便好。因为是米料做成的，很难估计一碗羹到底用了多少米。看看只是一碗米糊状的东西，其实也很容易饱。和吃饭一样，不容易饿。这特性很适合庄户人。干农活使力气，容易饿，米羹制作简单，材料少，口味美，又能挨饥，因此，很受欢迎。外地的客人来大墅探亲，大墅人喜欢做一锅米羹来招待，可以吃上两天，省却了烧饭做菜摆弄花样的辛苦，让人觉得满足，真正吃到了大墅的特色食物。

大墅人做羹的习俗不知从什么时候开始，因何而来，也不知是哪位村姑发明的。也许，巧妇发现豆子可以磨成豆腐，也尝试着把米磨成米糊吧！又或者，这羹是随着战乱人们从北方迁居大墅带来的。又有人说，“羹”是一个秀才的发明，也是为了用有限的米让全村人吃饱。总之，回到大墅有羹吃，是一件幸事。

中国人在吃的研究上，创造力无穷。研究各种吃法，一般只在两种时期。一种是和平时期。和平日久，岁月太平，生活富足，普通的吃法已经不能满足人们的欲望，于是研究各种吃法：吃得鲜，吃得奇，吃得怪，吃得上品，吃得讲究。另一种是战乱等特殊时期。挨了饿，正常的吃法已经不能保障，食物得不到及时的供给。怎么办呢？总要活下去吧！于是研究各种吃法：吃得节省，吃得充饥，吃得方便，吃得有口感。羹，这简易便捷的食物，或许是在挨饿时期创造的吧！

历史上，对于吃羹，是有记录的。念书时，在课本中《鸿门宴》里学到“羹”字，下面的注释是“肉汁”。这时候，“羹”的含义依然遵从上古，是造字初期的本义——“带汁的肉”。这字面上，仿佛能闻到狩猎文明的气息。而后，人们稳定下来，开始了种植文明，谷物有了收获，野菜有了采摘。这时便出现了“藜藿之羹”——菜羹，粥羹，等等。同样是羹，材料不同，制作不同，吃的人也分出贫富贵贱来。封建贵族们吃的羹，与黎民百姓吃的羹，究竟是不同的。

至于“羹”字出现汤的含义，则是中古以后了。诗文中，偶尔能看到“羹”的影子。“煮豆持作羹，漉菽以为汁。”这句诗出自东汉曹植《七步诗》，说的是宫廷菜，将豆子煮熟，滤去豆豉，剩下的浆作为汁。这汁不知道拿来煮什么，看起来工序复杂。这是宫廷菜的特色吧！看上去极其简单的菜肴，量也小，材料和工艺却是极为繁杂。杭州鼓楼一带有家食坊，传说主人的祖上是清朝宫廷孝敬老佛爷的御用厨师。随一行人去吃过一次。上的菜乍看极是简单：一道菜，两小口便吃完了。边上站一个讲解员，每上一道菜，先把做法说上五分钟。“六月槐花飞，忽思莼菜羹。”（唐代岑参《送许子擢第归江宁拜亲，因寄王大昌龄》）这句诗指的是菜汤了。西湖莼菜，是一道名菜。莼菜羹，也是游人到杭州爱喝的汤饮，都是清淡之物。它与宋崇尚淡泊简约的审美风格相宜，是适合文人仕宦的高雅之菜。

虽然《说文》中，对于“羹”的解释“五味和羹”，强调了一个“和”字，然而真正能让我感受“和”之美的，依然是它作为普通人家居家菜肴的含义之时。宫廷菜，吃得讲究，宫廷却不是适合生活的好地方。读《七步诗》，豆羹再美，厮杀却在眼前，失却了“和”美之意。莼菜羹，清淡爽落，有“温”而“和”不足。而平常人家的羹，却散发着脉脉温情的气息。唐代诗人王建《新嫁娘词》云：“三日入厨下，洗手做羹汤。未谙姑食性，先遣小姑尝。”这新嫁娘的知礼、温顺、洁净、和美，恍惚之间，栩栩如生。平淡家常的气息扑面而来，从厨房到厅堂，到卧室，空气中流淌着一种新的东西。岁月不一样了，处处弥漫着因新嫁娘的到来而呈现出的生生之意。

因此，会做羹的女子，总让人感到平和、温良，是有着中国传统“妻性”的女子。也许性情相宜，我更偏爱这样的女子一些。她们是适合家居的普通闺秀，与《诗经》中采薇采荇的劳作女子不同，也不是大唱“上邪，我欲与君相知”的泼辣妇人，更不是“二十四桥明月夜”的玉人。

前不久回到大墅，堂嫂为了款待我，煮了一大锅羹，我美美地吃了两天。古诗中，“姑”指婆婆，我就是这“小姑”了。吃着羹，就想起这首诗来，一时觉得生活温润而美好。锅是铁锅，灶是柴灶，慢火熬出来的羹，在城市从未吃到。据说，有淳安人在外卖羹，生意很好，却未见过。我只知道，肠有肠脑，舌上的味蕾有记忆，小时候吃过的东西，走哪儿也忘不了。这也决定了我的生活半径吧！

一年又快尽了。秋风乍起，就要入冬了。羹的温暖，召唤着我的回乡之路。那么，有空回乡一趟，再尝尝嫂子的羹吧！

2016 年 11 月 7 日

# 清明粉粿，香窈窈

羹之外，大墅人常吃的食物，是粿。

方言口语中，“粿”紧跟“羹”后，“羹粿”相连。一到过节，庄户人路上相遇，互相问候，说的不是“饭吃过了吗”，而是“羹粿吃了吗”。

粿，是大墅人过节的必需品。没有粿的节，不像个节。侍弄不出像样的粿的婆娘，还真找不到。

粿的形状、做法有点像饺子，却也不尽相同：饺子皮用面粉做，薄；粿皮用米粉做，厚；饺子小，粿大；饺子形状单一，粿姿态多样；饺子馅精而细，粿馅粗而多。

做粿，先得揉粉。将米粉倒进锅，掺水，慢火烤，抡铁铲，不断翻，粉与水充分搅拌，变得潮湿而有黏性，就可以起锅。将粉团盛在砧板上，扯下一块，使劲儿揉，使劲儿搓。当粉团变得润滑、细腻、有弹性，掰开。感觉粉团实密沉黏了，就可以擀了。

擀粉皮，手法很关键。将粉团按成扁圆形，左手捏皮，像轮子一般慢慢捻动，皮边儿逐渐送至面杖下，像擀饺子皮一样。这样擀出来的皮，中心厚，边缘薄，馅包其中，皮不容易裂。孩子不懂手法，通常双手滚面杖，擀出来的皮，长方，不圆，中间薄，边儿厚，包了馅，容易裂。

调粿馅，简单，爱吃什么包什么。粿里加青菜馅，美其名曰“莠芳粿”。这名称，是根据方言读音记录的，流传于人们之口，尚未见诸文字。“莠芳粿”平素吃得多。尤其农忙双抢季节，天热，劳力消耗大，一家人都得吃饱、吃好。

懒怠的女人，单单做玉米粿，或米粉粿。里面不加馅，薄薄的一层，摊在铁锅里，两边烤得焦焦的，挞点腐乳、豆瓣酱，或折起来，卷点菜，就着粥，嚼着吃。这吃法，有点像山东人煎饼卷大葱。可粿完全起源于南方，大墅人也不吃大葱。

过年过节做的粿就颇不同，分外讲究些。多半是在春冬季节，女人有了闲，厢房里烤起了炭盆。女人将砧板放在小方桌上，坐炭盆边，一边烤火，一边包粿，一边扯闲天。这时候的粿，就掐成饺子模样。地里收了萝卜，缸里醒了冬腌菜，山上挖了新笋，收了芝麻、核桃，用来做粿就分外讲究些。

一种馅一种花样，要分清楚，就看饺子边儿。饺子边儿的掐法多种多样。常见的有三种：掐三个凹；中间起尖凸子，两边各掐一个凹；用指甲点点掐斜边儿，卷皮成花——美其名曰“萝卜丝边儿”。

还有一种“印版粿”，是懒人做粿的方法，却实用，好看，但需要工具——印模，大墅人叫印版。将粉团塞进印模坑里，压实了，反扣出来，粉团有了桃花、牡丹之类的样子，雕饰着“吉祥如意”等讨喜的字，这粿就成了。

清明节必须做粿。米粉里加艾草，看上去碧绿碧绿的，吃起来有植物的香味。至于为什么要用艾叶，也许是艾叶可以散寒除湿、温经止血吧！清明时节，早过了惊蛰，爬虫苏醒了，春阳缓缓上升，而寒湿之气尚未除去，吃一点艾草，可以防虫，对身体有利。大墅人不会做成团子形状，而是习惯于做成饺子形状。这种粿也叫“清明粿”。

查看粿的来源，最有底蕴的，却是广州潮汕一带。凡是用米粉、面粉、薯粉经加工制成的食品，潮州人都称粿。这称谓与大墅竟多有相同之处。譬如，用番薯粉掺入肉糜、南瓜丝、豆腐丁、花生粒，炒制而成，可以当菜，又可以单独当饭食的，大墅人称之为“瘌痢粿”。这种粿，黏作一团，完全没了粿的形状。

不曾吃过潮汕的粿，不知它是何风味。潮汕人将糕也称粿，将年糕称甜粿，将面包称面粿，将松糕称松粿。这些粿的含义似乎完全不同。广东一带的饮食，自成体系，与江浙大相径庭。潮汕的粿品种丰富，形态各异，因配料或包馅不同，有菜头粿、芋粿、栀粿、猪腸粿、朴籽粿、鼠曲粿、豆粿、笋粿等等，可谓琳琅满目，五花八门。其中的鼠曲粿，就是清明粿，用的鼠曲草，湖北一带叫软荻。闽北邵武管它叫包糍，浦城叫绿粿，潮汕地区管它叫荥壳粿。

诗人冯至专门写过鼠曲草的诗文。唐朝诗人皮日休也有“深挑乍见鼠耳香”之句。可见，挑艾草，做清明粿，是一种流传甚广的古老习俗。

逢年过节，粿也用来祭祀，供奉祖先。

农闲时候，做粿就是一种游戏。女人带着孩子，坐在炭盆边上。孩子小，给他一团粉，随意按，喜欢捏小狗就捏小狗，喜欢小猫就捏小猫。孩子可以边做边吃边玩儿。稍大一些的孩子，尤其女孩，就学着妈妈的模样，也包起饺子来。心里想：自己做的，能吃到就好了。于是在饺子边上打个记号。

饺子粿做成了，一只只排列在竹匾里，等着送厨房，下蒸笼。蒸熟了的粿，可以马上吃。冷了的粿，放铁帘上，在炭火上烤。馅里的油，滋滋地冒出来。粿油光锃亮，皮薄了，脆了。房间里弥漫着香，渐渐地有了年味儿。

记忆里，母亲擅长做粿。母亲做粿，用米粉，也用麦粉。她做的粿，跟她做的鞋一样，圆巧、精致。母亲擅长调馅，素粿之外，也做荤粿。肉糜剁得烂，菜切得细，放在铁锅里烤，加点油。烤熟盛碟子里，端上来，亮晶晶。她喜欢芝麻馅。芝麻炒过，碾细，加糖，拌猪油。烤出来的粿，香喷喷，通透，酥口。

父亲喜欢吃没馅的玉米粿。大约年少时，家庭艰难，生长不易，有玉米粿吃，就颇幸福了。他回忆童年走远路去上学，嫂子给两个玉米粿，就当一天的饭食了。等他工作回乡，第一件事便是向嫂子要玉米粿吃。我见他将粿挞上腐乳，放炭火上，烤得松脆松脆，嚼得嘎嘣作响。等到长大，我才懂得，父亲吃的并不只是粿，而是童年的滋味。

长年在外，通常吃不到家乡的粿。城市的日子再单调，吃食也比乡下丰富得多。因此，并不怎么想念粿。有时，母亲来与我同住，早晨起来，她做两个麦粉粿，当早餐。这种粿，超市里有，小小的，肉馅儿，一只差不多卖两块钱。购一袋回家，能吃三五天。我却并不怎么爱吃。

但是，入了冬，和当年的父亲一样，我常回味起少年陪伴在姨母身边做粿的时光。那时，姨母身体还健朗。她围着灰色围裙，用粗糙的双手挠粉，揉面，唤我们帮她的忙。那时，表弟还在。我们四个孩子，都差不多大，边做粿，边围着炭火嬉笑。表姐画的仙女脸圆腰粗，我画的仙女脸瘦腰细。堂哥说："哪有仙女这么瘦的？"做完粿，我们用一个竹匾架在膝盖上打牌。我总输，脸涨得通红，不久就要落泪了，堂哥说："哪有打牌打哭的？"说笑的时候，铁帘上正烤着粿，该时时注意翻身，不然，就要烧焦了。

冬景天，躲厢房里，烤着火，吃着粿，听炭火毕毕剥剥作响。油汁滴到炭火中，升腾起窈窈的暖香……

我怀念的，正是这般做粿、吃粿的时光。

2016年11月17日

## 腥鲜，河边的滋味

水边长大的孩子，生命里总沾着些鲜腥味儿。

从清明到八九月份，饭桌上要见荤腥，拎一个脸盆往田沟里走一趟就成。螺蛳，在清明后产卵生子，到了八九月份，就腰肥膀圆了。

往田沟里一看，水缓缓地、细细地流，漾着天上的蓝天白云，闲闲迟迟地走。螺蛳，大大小小，一颗颗，紧挨着泥面儿。捋起袖子，伸出细细的手臂儿，双腿跪倒在草皮上，脸贴着沟沿，哎嗨哎嗨一阵感叹，眼瞅着大的、肥的，将手伸下去，抓到它。

螺蛳大多野生，算得上野味儿，是真正的河鲜。

对待生物，紧要的是按时而动，勿要坏了生养。螺蛳要在清明前吃。清明后的螺蛳，肚子开始生娃，肉瘦了，不小心牵肠挂肚吃到嘴里，满口都是嫩螺蛳壳儿。

吃螺蛳的乐趣，在一“嘲”字。

家乡炒螺蛳，放绿蒜叶子和红辣椒。黄澄澄的菜油星儿，和螺蛳搅拌在一起。颗颗螺蛳吸足了油水，看上去黄绿黄绿的，汪汪的澄碧一色，竟像是妇人珠圆玉润的耳环一般。手艺好的，拿筷子夹螺蛳；笨手笨脚的，直接伸出手指往碗里撮。撮准了，塞进嘴里，嘴唇翻动，用尽力气，一嘲，鲜美的肉丁就在唇舌之间了。

嘲功不及，从小母亲教拿针挑。这般吃螺蛳的方法委实辛苦，也少了许多嘲螺蛳的趣味。嘲着吃，连汤带汁；挑着吃，汤味皆无，鲜美之意感受得不太分明。青年时候，在学校进修，傍晚走进后门开着的温州海鲜要一盘炒螺蛳，学伴们一起撮起筷子用力嘲，那是莫大的乐趣。

稻田摸泥鳅，是另一种享受。泥鳅是怎么钻进稻田来的，不得而知。摸泥鳅，一般在夏季。泥鳅长到十至二十厘米，就可以试着摸了。摸泥鳅，是累人的活儿。泥鳅，太滑溜，太狡猾。孩子的眼睛尖，俶然之间，发现了一条泥鳅，手做成碗状，伸下水去，抲住它，它却突然不知了踪影。如此三番五次，终于捧在了手心。泥鳅在掌上不歇地动弹，一弯一伸，手一摊，就落进了桶里。

炖泥鳅，乡人通常记得的名菜是泥鳅滚豆腐，我却从未吃到过。乡人的习俗，大块豆腐不用剖分，泥鳅与豆腐放水煮。水热了，豆腐里面依然清凉，泥鳅就钻进了豆腐心，煮熟的豆腐就和泥鳅粘在一处，豆腐带着腥味儿，泥鳅带着豆味儿。也有人告诉我，泥鳅从来不会钻豆腐，这是人们的想象。我从未烧过这道名菜。究其原因，我很少吃泥鳅，菜场里也少见，不如吃鱼方便。另外，这种烧制方法未免太残忍了。

沿田塍路，再走远一些，就到了河里。往河埠头一蹲，就看到三五成群的白条。

白条跟泥鳅差不多大。它是一辈子只能长这么大，还是长大了就不再到河埠头来，我不得而知。白条在水里倏然来去，悠游自在，十分喜欢热闹。它们为着一粒饭团，就能争先恐后围拢来看个究竟。庄子濠上嬉鱼，说的就该是白条吧？

白条在，水看上去简直清澈见底。水里少了白条，就只能看见鹅卵石，看到青荇在水里招摇。受到阻隔的凝滞了的水，毕竟不及波光灵动，浪花里翻着白条来得更令人精神振奋一些。

白条，很难捉上来。就是拿了笊篱等工具，也常常十捞九空。正经拿捕鱼的网下水，网格比鱼头大，也捕不到。

前些年，回乡点了一道“棒棒鱼”。一看，原来是白条。一根根油里炸得坚硬，远地里一看，以为是小油条棍，看不出鱼的姿态了。一碟棒棒鱼下水，该是多大一群白条啊！

真替白条们叫屈！

依我看，白条的观赏价值远远大过吃，因为肉瘦刺粗，吃白条颇费劲。但，谁让人这么强势呢？蟾蜍、知了、蜈蚣都能吃，白条怎么不能吃呢？

白条之外，凤林港里，正儿八经能吃的，就是捕的鱼了！

小时候，一年总能经历三五次炸鱼。偶尔听到炮仗一般的声音从溪上滚过，这是炸鱼的声音。炸鱼的消息一传来，男女老少，倾村出动。河滩里三三两两，站满了人，从没有这样热闹过，就像凤林港这个村姑当了新嫁娘一样。

女人们翻开石头，一块一块找，就看鱼有没躲进石头洞里。被炸伤的鱼挺着肚子，翻着白眼珠，漂浮在水面上。眼睛尖的孩子，一眼就看到了，扑到水里，用棍子撩到身边，两指一捏，拎起尾巴，提在手里。

有了电瓶以后，聪明的乡下人发明了电瓶箱，就能下河电鱼了。夏季农忙后，经常看到有人背着电瓶箱，于水中撩下一根触杆。被电的鱼并不马上死，有的甚至会活过来，依然能保证鲜味。

我更喜欢捕鱼。跟着堂兄弟，撑一条竹筏，在水深处撒网，在溪滩上追着玩儿。夜深了，将网收起来，就能有小半篓河鲜。收获最多的是大白条。大白条跟白条差不多，块头却大许多。夏天，镇上有的买，价钱最便宜。然后，是草鱼。草鱼腥，肉粗，红烧味道好。再然后，是鳊鱼，乡下话叫“指抲鱼”。这是乡人最喜欢的鱼，味道鲜，肉美。鲫鱼，却难得碰到。

也有人从河沟、山溪里捉到鳖。那是特别好的运气了。坐月子的时候，阿公曾在溪里捉到一只，想起来，真叫口福不浅。

上小学的时候，父亲的工友从稻田里抓一麻袋青蛙，去市场卖。乡下决不会出现这种事。孩子钓青蛙，也会被乡民骂。青蛙，背了“田鸡”的美名，却无论如何，算不得河鲜。

瞧，就算“腥鲜河味”这种小事，乡下人也讲道义，讲谱。

2017年2月7日

# 旧事

六月，稻禾青青，家乡的田野上来了红蜻蜓。

# 七月，爬树，捉知了

知了是常见的昆虫。

居室周围有树，才能引来知了。有了知了，整个绵长的夏天就不会觉得寂寞。知了，是家里不听话的孩子。它顽皮，自以为是，老跟人拧着过不去。一赌气，它就跑出去，停在一个僻静角落，“知啦知啦”，不停地倾倒它的愤懑与不满。它的冤屈，直到把你的耳朵吵烦了，直到把满腹牢骚倾倒干净了，才闭上嘴。

孩子却是喜欢知了的，就像孩子也会喜欢孩子。孩子跟知了较上劲儿，就像两个孩子拌嘴，是让人忍俊不禁的事。七月，天气热到了极高，人也蔫困蔫困的。过了中午，整个人身上都乏力，使不出劲儿。这时候，知了就“知啦知啦”地叫唤，人在眠床上打着盹儿，孩子却睡不着。他们拿一根网兜，站在树下找知了，非把它们兜网里不可。树好大呀！叶子碧绿碧绿的，声音是从哪里发出来的呢？知了在哪儿啊？孩子仰着头往上看，在树叶丛中找，找来找去，就是找不着。孩子就噌地，溜了鞋，双腿一纵，爬了上去。爬树，就像野孩子，可孩子们都喜欢。爬树的理由，一半是摘果子，一半就为了捉知了。

知了躲在绿荫里，觉得树干震动，便停了嘶叫，孩子也找不到了。这时候，悄悄伏着不动，知了自以为安静，没危险了，重又叫唤起来。孩子知道知了藏匿的地方，再继续向前爬。但是，就算爬到身边，惊觉的知了大半“噌”的一声突然飞走了，只留下一脸沮丧、“哎呀”一声叹气的孩子。孩子如猫一般，从树上落下，脚伸进拖鞋，踢踏踢踏地一会儿奔走了。

大孩子有智慧，一般忖度能耐不够，不会空手捕蝉。他们拿着蜘蛛网兜，高高举起，站在树下，只往蝉声发出的方向找，待看清楚了，举起网兜，狠狠罩上去。大多时候，知了太高，网兜很难够到。怎么办呢？这时候，孩子也有上树的，轻手轻脚慢慢地靠近知了，再狠狠一下罩将去。

小时候，捕蝉是夏天经常的消遣。可知了天生敏锐，十捕九空，不过是大家结着伴儿，一起玩乐罢了。蝉捕不到，或者发现一只蚂蚁，跟着它，捣出一个大蚂蚁洞来，也觉得分外欣喜。玩累了，蔫蔫地睡觉去，听着知了的长鸣，一声声，一声声，就进到梦里去了。

蝉声是自然的声音，是乡村美的意象。小时候并不觉得，只因为稀松平常，熟听无闻。母亲常常觉得门前梨树上的蝉声吵闹，走到树下，狠狠拍拍手，发出声响，将它赶走。我力气小，不能像男孩一样，摇动树干。

我想，蝉声虽然吵人，却并不惹人讨厌。相反，有蝉声相伴，夏天的午眠似乎更香甜。为什么要赶走它呢？有蝉声，说明村庄宁静，昆虫也感到惬意。人在蝉声中睡去，一切都安安稳稳，平平和和的。这是多么令人向往的乡村图景啊！这幅图景，令我想到何家英的画。不知道何家英是否画过蝉，画过孩子在树下听取蝉声的图景。他的画干净，宁馨，看上去安安静静，清清爽爽，叫人欢喜。孩子与蝉，对我而言，正是适合何家英创作的好题材，是他绘画风格中的物象。

庄子笔下的蝉，却和老人待在一起——佝偻承蜩。不知道他为什么要选择一个驼背老人作为意象。那个神气无比的驼背真是好大的本事——拎起一根竹杖就能将知了戳下来。庄子是最早的荒诞文学大师，下笔如有仙，神吹海聊，不着边际。这戳蝉的驼背如此专心致志，全神贯注，以致一下就能把蝉给戳下来。我想：为什么是戳蝉，而不是别的昆虫呢？我猜，按照庄子懒散的习性，多半是他在夏天午睡时候梦到这个寓言故事。那时候，他就躺在家里老式大眠床上，知了在窗外“知啦知啦”叫唤。他想：真吵啊！他恨不能一棍将它戳下来。怎么才能戳下来呢？他想起了村里的驼背。于是，他看到神气驼背走了过去，一捣鼓，就将蝉戳下来了。他在边上拍手叫：“好呀，好呀，真本事啊！”驼背就讲了一通人生哲学。这故事有趣，庄子被精神胜利法逗乐了。醒来，他随意在本子上画了两笔。这便是著名的佝偻承蜩的故事。

知了因为和庄子有了遭遇，加上它吸风饮露的生活习惯，就甚上得了台面，可列入神仙序列。《庄子·逍遥游》云：“藐姑射之山，有神人居焉。肌肤若冰雪，绰约若处子。不食五谷，吸风饮露。乘云气，御飞龙，而游乎四海之外。其神凝，使物不疵疠而年谷熟。”知了“知啦知啦”地叫唤。田野里，谷穗沉甸甸的，青青稻壳籽囊饱满，确实是年谷熟的时候了。如此一来，知了就不再是一般的昆虫，而是神物。

知了当然是择良木而栖的。家门有桃树，有梨树，知了从不会落在低矮的桃树上。它必然要选择高大健硕的树木栖息。因此，要看见蝉，发现蝉，捕捉蝉，却是难事儿。捕蝉，那都是孩子气的小玩头，大人是不屑的。文人更加爱护蝉——蝉声响亮高远，显示蝉是个有大志向而愤懑不得志的人物，那自然更不能捕了。

写蝉最著名的诗人当属唐代骆宾王。骆宾王被武则天关押在牢狱里。秋天，听到监狱外面的蝉声——知啦知啦，骆宾王仿佛听到知己发出的声音：“西陆蝉声唱，南冠客思侵。那堪玄鬓影，来对白头吟。露重飞难进，风多响易沉。无人信高洁，谁为表予心？”（《咏蝉》）好一个无人信高洁啊！身陷囹圄，在俗世眼中，是多么蹙眉头的倒霉事儿！声名扫地，能躲远的亲戚族人一定都远遁了，还有谁愿意来听听他的衷肠呢！即使像知了一样不停叫唤，也没人愿意听啊！文人的寂寞，官场的失落，在一曲蝉声里，唱彻千年而不衰。这蝉声，是我听过的最响彻动人的蝉声了！武则天听了这蝉声，也为之动容。骆宾王的命运，也因为这蝉声而改变。这恐怕是昆虫与人的命运之间最惊心动魄的故事吧！描写蝉声，托物言志的诗句有许多。想来，是因为诗人们在现实生活中多有困厄，借着蝉声抒发哀愁吧？这哀愁也当如蝉声殚精竭虑，声嘶力竭。

然而，闲来无事，我最喜欢的，却还是将它还原到小昆虫的状态，听取蝉声里的那种寂静和闲适。“蝉噪林逾静，鸟鸣山更幽”（南北朝王籍《入若耶溪》），“高蝉多远韵，茂树有余音”（宋代朱熹《南安道中》），“清吟晓露叶，愁噪夕阳枝”（唐代刘禹锡《酬令狐相公新蝉见寄》）……无论是长夏，还是凉秋，无论是午后，还是明夜，无论是嘹亮的长音，还是衰败的呜咽，蝉声总是令人感受季节的更替，岁月的静好。

知了，作为乡村文明诗意栖居的意象，今天，也被一些主题民宿挖掘了出来，作为招徕顾客的广告。莫干山“后坞生活”，就是把知了当作着意经营的昆虫意趣。主人将自己的主题民宿定位为“野奢生活”，创立了“知了国际帐篷露营地（Cicada International Tent Camps）”，定期举办知了露营节。听知了声睡山林，今天成了奢侈的生活方式。

在帐篷里听取蝉声，不知道是何种滋味。想来，还是怀念小时候，睡在木窗棂雕花眠床里，听到的梨树上的蝉声。

2016 年 3 月 23 日

# 田野上来了红蜻蜓

六月，稻禾青青，家乡的田野上来了红蜻蜓。

这乡间独有的红衣绿袄的昆虫，是与田野清风相伴的精灵。它们像是远道而来的客人，每年，在这个季节，倏忽而至。它们结着伴儿，张开透明的羽翼，一会儿，静止不动，伏在一处，一会儿，只刹那间，就飞到别处去了。有时候，它们只浮动在我的眼前，靠得那么近，仿佛伸出手去，就能捉到。蹲在檐下，坐在石门槛上，它们就倏地停到肩膀上来了；在谷畈上凝望大墅桥，它们就静无声息地停到手背上来了；行走在绵长的田塍路，稻香萦怀，它们就围着腰身团团飞舞了。

它们不知道是从哪儿钻出来的，那么干净、漂亮、可爱。忽然间，天空中漫漫飞舞着它们的身影。我常呆呆地想：蜻蜓们都该有怎样的家呢？它们住在何处，才能拥有那样优美的身姿，那样干净的触须，那样翩然的舞步？它们长长的身杆，布满细细的鳞片，毛茸茸的，柔软的身体，如何能不被损伤？停在人手臂上，蜻蜓扑棱棱地响着翅。翅膀那样薄明，那样精美，令人想到宫崎骏动画片《风之谷》森林里的小精灵：叮咚叮咚的音乐响起，小精灵们排着队，雀跃前行。

大墅老家，蜻蜓被叫作“蝴蜻蜻”。学名之外，蜻蜓的别称真不少：猫猫丁，咪咪洋，丁丁，蚂螂，河嘻嘻，蜻蜻……真是可爱得很，怪不得令人想到卡通形象。蜻蜓的造型确乎简单笨拙：圆鼓鼓的脑袋，傻愣愣的眼睛，细长长的身段，薄扁扁的翅膀，细茎茎的腿。怪乎！漫画书里经常看到蜻蜓。它各个部件的比例，让人想到眼下的热词：呆萌。

我是个昆虫盲。从小到大，最厌恶虫子。除了瓢虫、蜻蜓、知了、蝴蝶、蚂蚁、天狗，就再无喜欢的昆虫了，对昆虫知之甚少。看丰子恺写李叔同，一把霉烂的椅子也不忍马上坐下去，怕伤到生存在椅子缝隙间的蛀虫。一定要拍一拍，将它们赶走，才能坐下，谓之不杀生。

农人的孩子喜欢捕蜻蜓，却不像城里的孩子，有网兜。他们有自己的智慧。采一根软硬适中的树枝，弯成一个椭圆的圈，两头合一，套进一个竹杖里，支着它，到破壁角糊上蜘蛛网，糊得像羽毛球网拍，硬硬的，有了弹性。这时候，举着竹竿，直往稻田去，迎着正在飞舞的蜻蜓，在空中一招展，翅膀就粘上了，扑棱棱，扑棱棱，愣是下不来。孩子们捕蜻蜓是为了捉着玩。顽劣的儿童也有将蜻蜓五马分尸的，丢在地上。黑蚂蚁从遥远的洞中探得情报，排着长长的队伍出发，绵延逶迤，煞为壮观。小时候，这样的景象最是寻常，蹲在地上，常常一看就是老半天。

我不怎么爱捕蜻蜓。蜻蜓那样美——无论静静地停着，还是飞舞在空中。对于美好的事物，我只有倍加珍惜，倍加爱护。那些顽劣的、残忍的孩子，我从来不愿与他们做朋友，宁可让停落在手心的蜻蜓，成为玩伴。

其实，农人的孩子大多不知道蜻蜓的生命有多珍贵，有多艰难。如果知道了，他们恐怕也难以下手。蜻蜓要遇上温暖的气候、食物和合适的水体才能繁殖。蜻蜓点水，将卵产在水中。及至成了幼虫，这期限居然可以长达五年。幼虫生活两年或两年以上，才能沿着水草爬出水面，一生蜕皮十一次，才能羽化成虫。蜻蜓的幼虫捕食孑孓，有时也食用同类，也会被鱼、鸟捕食。成虫后，生命就将尽了，虽然飞行迅速灵活，能大量捕食蚊蝇，几无敌害，但寿命只有数周。

红蜻蜓，就像令人牵挂的少年。我成长的岁月，正是小虎队歌曲《红蜻蜓》流行的时候：

看那红色蜻蜓飞在蓝色天空
游戏在风中不断追逐他的梦
天空是永恒的家
大地就是他的王国
飞翔是生活

我们的童年也像追逐成长吹来的风
轻轻地吹着梦想慢慢地升空
红色的蜻蜓是我小时候的小小英雄
多希望有一天能和他一起飞
当烦恼愈来愈多
玻璃弹珠愈来愈少
我知道我已慢慢地长大了
红色的蜻蜓曾几何时
也在我岁月慢慢不见了
……

不知道红蜻蜓是什么时候在我的岁月里消失的。唱这首歌的小虎队，也早就解散了，想来不觉令人怅惘。

和蟋蟀一样，红蜻蜓还是有关乡愁的昆虫。小时候，在舞台上表演日本童谣《红蜻蜓》，我们齐着歌声唱道：

晚霞中的红蜻蜓呀
你在哪里哟
童年时代遇到你
那是哪一天
提起小篮来到山上
桑树绿如阴
采到桑果放进小篮

难道是梦影……

许多年没有见过红蜻蜓了，离开老家后，就再未见到乡野的红蜻蜓。偶尔路过西湖，在曲院风荷发现红蜻蜓，但与乡间的景色自然不同。很长一段时间，似乎忘却了红蜻蜓的存在。虽然柜台里有“红蜻蜓”皮鞋，但那坚硬的蜡质、黑色的牛皮，其实跟蜻蜓沾不上边。不去乡间，怎么能发现大片大片的红蜻蜓呢？不去乡间，怎么能感受红蜻蜓停在肩膀的美好呢？

如此想来，就觉得是该回老家原野走一走的时候了。

2016 年 3 月 17 日

# 土狗，它的名字叫阿黄

生活在农村，不能不记录一下土狗。

“狗”字之前，加一个“土”字，有些地方的人则习惯加一个“草”字，无非是指这种狗与城里人豢养的狗是有区别的。城里人养的狗，洋里洋气，是宠物。乡下的狗，自然多一些泥土气味，和农民一样，“土”得很，憨实得很。

其实，无论城里城外，狗的秉性大多类似，那就是忠诚侠义，看家本领强。

和很多人一样，从小就喜欢狗。长在乡下，土狗是儿时的陪伴。土狗，带给人安全，带给人亲密，带给人诗意的乡村生活，带给人温暖的乡村记忆。

印象里，记忆最亲切的一条土狗，叫阿黄。这是表弟给他起的名字。他从哪里将它弄来，我们都已忘却，只是跟着他的喊声，就叫起“阿黄”来了。这是一个名副其实的名字。

阿黄在家里似乎也没受到多高的待遇。它一直跟在家人身边，大伙儿吃饭的时候，零落地捡些碎骨头、饭团吃。鸡鸭鹅的待遇和它不一样：鸡鸭鹅需要饲养，时间到了，农妇会铲儿铲谷料，走到它们面前，伺候它们。土狗的待遇，甚至比不上猫。猫也有定时的粥饭喂养，而狗，恰恰因为它的能干、忠诚，通常被人遗忘。自己到处找食，是它们通常的生活状态。

不曾怎么喂养过牲口，对阿黄的到来，也一直懵里懵懂。只知道，它是一条乖顺、忠义的狗。待在身边的时候，它并不怎么吵闹。每到周末放学，它就远远地来到村尾的公路上，等着我们。春天，它喜欢在油菜花地里转悠，和同伴们一起，顶一头油黄的菜花星儿，在泥泞的村道上跑来跑去。夏天，它跟着我们串门。一次，去小姨母家，它跟着来到湖畔大道旁。姨母晃悠着小船，渡我们过湖。因船小不便，阿黄被留在了岸上。我们都以为它自己回了家。等到半夜，我们都已入睡。小姨母听到家门上窸窣有声，打开门一看，原来，阿黄泅水渡湖，找到了家门。那一刻，我感动得直淌眼泪。阿黄的聪慧、勇敢与忠义，让人目瞪口呆。要知道，湖面甚为辽阔，看似平静，底下却潜流汹涌。

然而，疏于家事的我，甚至不知道，阿黄在家，吃得并不饱。我以为，一向勤劳憨实的表弟会精心照料它。有一年夏天，梨树上坠满果实的日子，它从外边叼了两条带鱼，踮着脚，耸着背，一溜烟地蹿进了厨房。我不知道它是从哪里叼来的。我想：它该是饿了，在家里捞不到荤，想方设法填肚子吧！

那以后，过了不久，阿黄就病了。我也不知道，是不是它怀了孩子，抑或顺人家的东西挨了打。姨母在厨房外的棚里特地另搭了一个狗窝。我看到它的时候，它的一只眼眶流着浊黄的眼泪。我想，它该是病了。又过了一些时间，它却死了。

一个鲜活的生命，就这样匆匆地来，又匆匆地走了。而后来，过了一些年，连表弟也走了。前些年，姨母中了风，去年，又神志不清了。我不知道，这是为什么，为什么生命如此脆弱，如此经不起折腾，如此让人哀婉神伤。自然与人类，为什么存在那些让人不能明朗，不能一探究竟的黑洞？它们潜在暗处，敲精吸髓，而弱小的生命猝不及防，束手无策，或在劫难逃，或驻足观望。

阿黄死的时候，大家都很悲伤。有一年，组里的黄牛死了，几户人家围坐在姨母的厨房里，等着分牛肉吃。可是，阿黄死了，我们都舍不得吃。表弟觉得异常愧疚，没有尽到责任似的。我也讶异，这么一条鲜蹦活跳的狗，亲人似的，昨天的喘歇还响起在耳边似的，就这么，突然之间，意外地从我们的生活中消失了！它神魂飘荡，就要无影无踪了，真是令人悲从中来。堂哥和表弟将它放在畚箕里，用一根扁担，挑到了凤林港下游的沙滩边，将它埋葬了。也许，阿黄会泅水，遇到水会活过来。

总之，阿黄就这么走了，永远地离开了我们。

之后，表弟再也没养过狗。有一年，我受他人的影响，在居所附近的一家花店里，买了只狗，很喜欢。它的毛，是黄色的，就像家乡的土狗。今年回乡，见堂哥的孩子养了一条高大健硕的长毛犬，白白的，起了一个歌星的名字。然而，和这些宠物犬相比，我还是更喜欢土狗一些。阿黄在我的记忆里留下了深刻的印迹。宠物犬，我没怎么养过，精力不济，不知道是否如土狗一般骁勇而敏捷，聪慧而忠义。我想，假如生活在家乡，我一定会养一条土狗相伴，春天带它去油菜花丛，秋天带它去柿子树下，夏天去溪滩纳凉，冬天围着火炉烤肉。

土狗和宠物犬，所受的待遇天壤之别。宠物犬通常被抱在怀中，按时送上美味，及时清洗、治疗，跟在主人后面，或可被当作炫耀的资本、交流的话题。而土狗通常默默找食吃，不时忍受主人的呵斥和路人的伤害。可是，望一眼土狗，心里常常定定地认为，即使主人不在，它也能把自己喂饱。土狗，独立而刚强，像个真正的男子汉。主人在，它是忠诚的义士，看好家门是它的职责；主人不在，它惶惶然，流浪零落，但总能混到一口饭吃，支撑着活下去。

至于文学作品中写到的狗的糟糕品性，譬如“落水狗”之类，多难听的词汇！在我的心里，这完全与狗搭不上边，尤其土狗。我自始至终不相信狗会落水。而且，我深知，狗即使落水，也会泅水。狗是游泳的能手，是无师自通的渡河高手，怎么会有落水之患呢？落水狗，那完全是文人的想象。

土狗，在我的心底，永远纯正、高贵，是忠诚侠义、坚贞不阿的化身。家里有一条土狗，大人半夜可安心睡觉，孩子可拥有宽慰的童年，老人可随时表达不满，发泄牢骚，以至于身心无碍。

土狗，没啥说的，是农家的宝。

2016 年 2 月 4 日

# 青山碧水，船隐隐

生活在大墅，曾经离不开渡船。

渡船是淳安人最熟悉的交通工具。相较于交通闭塞，班次稀少的汽车，渡船的载人量要大许多。沿着湖岸，大大小小的码头星散四落，人们相聚在这里，乘上渡船，去往想去的地方。

渡船，是连接此岸与彼岸的通道，是沟通期盼与思念的桥梁。

三年前，淳杨公路尚未开通的时候，去往大墅，必须借助渡船。印象里，所有的交通工具，最早和最爱乘坐的，便是渡船。

沿着蜿蜒山道，步行十里，来到积岭。码头上，有两幢孤零零的房子，等船的人并不多，候船室空荡荡的。人们一般站在大道上，延伸向湖面的坡地，吹山风，看风景，拉家常。举目眺望间，渡船清晰的白色身影终于出现，缓缓驶入青山相迎的口子。这时候，人们提起包裹，扛上扁担，向登船的岸边拥去。船慢慢靠了岸，扔下一块踏板，踩着晃晃悠悠的步子，人们就上了船。

舱尾响起马达的轰鸣，激起的浪花在船下翻滚。船行水上，水域茫茫，远处水天相接，此岸青山相偎，彼岸尚在浩渺无垠的天边。风从各个方向吹进来，沁人心脾。极目四望，遐思万千。

船舱里坐满了人，大多是乡民，搁着竹篮，竖着扁担，立着箬笠。包裹里无非几个新收的橘子，两斤新开的板栗，数只新裹的粽子，三团新打的麻糍。女人们凑一起，聊不同节气的家事。男人们抽烟，谈谈田地稼穑。

船稳稳的，就像待在家里，几乎感受不到动静。

船行片刻，舱门打开了，传来船娘悠长而亲切的嗓音：“吃面啦——！”汤面，是渡船上的经典美食。一碗面，一两角钱，便宜，人人都享用得起。渡船上的面，与家中的面不同，吃起来分外香。大约行走途中，一碗热气腾腾的汤面所带来的家常气息，能驱散旅途的奔劳与孤独吧。船舱里顿时飘散出汤面温热的气息。人们捧着粗瓷大碗，乐滋滋地享用美餐。有的人一碗不够，还要第二碗。吃完的抹抹油嘴，吧嗒一下嘴唇，感到分外满足，仿佛在渡船上吃一碗面，是人生最快乐的享受。

船舱里坐久了，就站起来走走。来到甲板上，扶着栏杆，凝视碧玉一般温润而蕴厚的湖水。水被切开了，翻卷出两道浪痕。抬望眼，白色的水鸟划过水面和天空，像精灵一般，悠游自在地飞翔。人，仿佛置身于空渺之境，往来于阆幻仙乡。

船还是主要的运输工具。粮草、木炭、沙石、柴火，每一种大批量的货物，都依靠船来船往。小时候，并不知道供销社的货物从何而来，只偶尔看载货的机帆船在码头上进进出出，听大人们议论货船的生意。从事货船运输的人，最担心天气不好，阴雨霏霏，湖面上雾气大，看不清方向。从事货船运输，是一个辛苦行当：以船为家，漂泊水上，一年到头，只过年过节才能回家看看。

千岛湖上的货船，与河道里、大海上的都不同。湖里的船造型简单，船身也不是很大，周身干干净净，于单调而清晰的马达声中，在青山碧水间穿梭而过，快捷而轻盈。运河里的货船，船身长，一艘连着一艘，排成长长的队伍，舱里的沙石沉重无比，船舷紧紧地吃着水面，缓慢而拖沓。海上的船行驶在苍茫的大海之上，像一个孤独而沧桑的草莽侠士，远远能让人嗅到大海的气息。

住在水边的村落，船是不可缺少的家当。打不起船的人家，通常几户人家共同打制一条。船就停泊在岸边，要用随时可以撑走。小时候做客，走到大路边，朝辽阔水域对面的村庄呼喊。不久，就见那期盼中的身影远远地从坡上下来，匆匆地上了船，一叶轻舟于木桨轻扬间渐渐地荡了过来。船小，水深，坐在船中，望着水面，一阵晕眩，两手紧紧抓住舟中的横档，生怕落下水去。

水边长大的孩子，从小就撑船往来，个个是使船的好手。水边的生活因为船而见得丰富许多。夏天的傍晚，吃过晚饭，村里的少年唤我们上了船，将玩伴们载到网箱养鱼的小木屋。屋里有简易的床榻，孩子们在木屋里嬉戏玩耍，看夕阳一点点落下山，月色渐渐升起在东山之上。阔木板架于网箱之间，坐在上面，双脚浸泡在水里，吹吹风，看看星星，瞅瞅月亮，借着月光，再撑着小舟回家。

沙地上的瓜成熟了。撑船来到瓜地，西瓜红，甜瓜白，采摘下来，装载到船上，运到家，分外香甜，运到市场，平添一笔收入。

家里来了客，孩子抓起一个鱼篔跳上船就出发了。将鱼篔埋在浅水浸没的田里，过了几个钟点，再拎回来，往木盆里一倒，鱼呀，虾呀，泥鳅呀，总有那么几条。放点辣椒、大蒜，煮了，炖了，桌上就有两三碗河鲜了。

溪水浅，船进不了。代替船用于往来运输的，是筏。深山里打了柴火，烧了木炭，割了猪草，路途远，放进竹篓，载到筏上，顺溪而下，轻快而便捷。打鱼的人，撑一叶筏，沿着溪流，在下游撒网，只消一个夜晚，再去收网，至少也能收获小半篓鱼鲜。相较于船，制作筏的工艺简单方便。小时候，撑筏往来的人家更多。筏，用竹子串接制成，不用的时候，推到沙滩上。有经验的人家，时时注意修养维护。有一年，听说一户山民撑了一筏毛竹顺溪而下，竹筏散落了，枝枝毛竹落到了湖面上，正遇上来往的货船。“文革”时期，村里的一个长辈借一条竹筏连夜逃离家乡，匆忙之中，筏毁人亡。

千岛湖的水域上，从竹筏，到手工船，到机船，再到游轮和汽艇，船的更新换代与山民的生活改善，几乎步调一致。公路的开辟与建设，使陆路交通与运输渐渐成为主流，以船为生的船民的漂泊生活，也逐渐消逝了踪影。通往码头的山路，突然萧索与寂寥下去，渡船的生意也渐渐地冷清了。今天，坐在船上的，通常是游客。零食售卖，代替了昔日船娘殷勤叫唤的热汤面。肩挑手提的船客成了热衷休闲养生的观光客。

船，改变了姿容；人，改变了面貌。唯一不变的，只有碧水环绕，青山相偎。

从事货船运输的亲戚开起了旅游客轮。印象里，有一条记忆深刻的游船。它有两层半那么高，素日里，停泊在西园码头上。读高中的暑假，在船上住过几个夜晚。尝完船长烧的千岛湖大鱼头，拿一个救生圈，泡在湖中，直到星星布满夜空，才爬进船上的小舱房。白日里，我就像一条挂在船尾的鱼，随船而走。船停泊到岛屿，我就上岛游览一番。可惜，这样的好日子并不长久。有一天，船毁于一场大火，美好的记忆再也难以寻觅往日的踪影。对于船长来说，船就像用熟了的坐骑，寄托着难以言表的深厚感情。换了游轮之后，亲戚再也未盛情邀请过我。只一次偶然到达县城，他请我随船去一个岛上参观。在他身上，再也找寻不到昔日的自豪与庄严。而今，他退休了，在家待不到一个月，就申请返聘重新上了船——船成了他一生难以割舍的伴侣。

游船数量猛增，影响到湖水的生态环境。湖面上浮起了绿藻，船只的治污管理提上了日程。一天，前往大码头参观。岸边停靠着两艘趸船，游船向趸船集中，通过泵压方式，抽取游船底舱储存的生活污水。每艘游船都经过精心改造，增添了污水与垃圾的收集装置。这些污水被集中到趸船上，再运送到处理中心。这样，就实现了“不让一滴污水落入千岛湖”的愿望。站在埠头上，朝湖面望去，一艘艘游船停靠在清澈如镜的湖面上，码头口子，曾经油光浮荡的景象，再也看不见了。

一天，接到一位女性电话，咨询水上飞机事宜。按照她的设想，在广袤的水域上，投资一两架水上飞机，是旅游业与时俱进的表现。不知道她说的项目如今实现得怎样了。随着时代发展，新生事物总会不断衍生出来，就像冬去春来，小麦割了一茬又一茬。不知道坐在飞机上，俯瞰湖面和青山，是怎样的感觉。

不过，于这日益更替的万千气象中，我所能遥想并追忆的，还是渡船上那碗一角五分，人人吃得起的热汤面。

2017 年 1 月 13 日

# 濛濛春雨动春犁

做农民，跟做手艺人一样，都得有几样看家本领，几样用熟了的工具。就像关羽的青龙偃月刀，张飞的丈二蛇矛。

犁、耙、耒就是农民至关重要的几样工具。

七十年代看报纸，“农业现代化”口号喊了几年，可一等到八十年代包产到户，往田畈里一瞅，几乎看不到小学课本上的大铁牛。太阳出来到落山，脸贴近地面，背朝着天空的，仍然是一个个肩挑手提的农夫。

一到春耕，田畈里依然是黄牛和耕夫。这景象与古画上的春耕图一模一样，不过牛更瘦，毛更枯一些，不如韩滉画的牛，头顶上戴着花星儿，毛色滑亮润眼，一看就是养在宫廷里的牛。

犁、耙、耒虽用到现在，从材质和结构分析，却是封建社会发明冶铁后不久的产物，都是铁器和木器的组合。铁器雪亮锋利，木器敦厚结实，经受得住力气，不容易散架，就是好农具。

犁重，试着抬过，一个人根本抬不动。可是，我亲见开春的季节，农夫将一把犁用扁担挑到田畈，或者将犁放在牛背上，一摇一摆，颤颤悠悠到达田畈。犁搁到了土地上，就像一场大战开场，将军手握兵器，严阵以待，有一种兵临城下的肃穆庄重。我常见耕夫将犁撂在田地的一角，立定，放眼满望，那种神色，仿佛在说，对于这场战争，他已胸有成竹。

接着，他拿了棕丝做的绳索，往耕牛的背上套去。细心的人家，靠近耕牛的那一段绳索，是用结实的布条子制成的，不伤皮肤。然后，耕夫将犁头对准了泥土深处，拿起鞭子抽打牛屁股，牛知道卖力气的时间到了，分外勤恳地朝前迈开了步子。

闪着雪白亮光的犁头翻过土地，土地就像浪花，深深地涌动。大地朝天空喘出一口气来。开春了，春意流淌。

耕夫站在田间的角落，感受一种来自心灵的快意。可是，这还没完，离播种远着呢！要使土壤松弛而平整，得经过第二道手续：耙。

耙，按照大墅的方言，仍然遵从古韵，读pá。耕夫犁完了田地，还有多余的力气，想一并把田地再耙一耙，就跟孩子说："回去，把耙抬到地里来。"

耙，是一个长方形的木框，长木梁下装着斜斜的柄柄尖刀，也有木刀，用来平整土地。泥土犁过后翻起的浪花，并不真像浪花——浪花会趋于平静，而泥土不会，需要耙平。

这时候，家里做男丁的孩子派上了用场。十五六岁的孩子，身形已足，他骄傲地站到了耙上，将两只脚在左右长木梁上站定，举起鞭子，朝牛屁股一击，牛朝前迈动了步子。耙捋过翻涌后的土地，仿佛一只大手，将浪花摞平。

耒，现在已经很少这么称呼了。查阅“耒”的字义，和“耜”常常联系在一起，称为“lěi sì”，讲的是古代农具上的木棍和下面的铁器。我则用来形容不知道什么名称的农具。锄头，铁锹，平锄，铲锄，各有各的形状和功用，“耒”却不一样。小时候，母亲让我拿一把“耒”，通常叫不出名字，着急好半天。后来，终于搞清楚，它是下小麦、匀秧田需要用到的农具。长大念了些古文，就将它取了“耒”的名字，以便在心里有个区分。

下小麦的“耒”，是见过的最轻便的农具，有着长长的木杆，和极小的头子。头子是一块八到十厘米的长方形木头，下面镶嵌四五枝长长的铁齿，用来给小麦匀土。小麦一垄一垄的，挨得近，锄头不方便伸进，“耒”就合适。齿耙耙到土，轻轻挨近麦根，再施上一点牛棚里掰出的稻草，麦子就能长得青青的了。

另一种“耒”，是在长长的木杆下，钉上一块长长的横木，做秧田。这种“耒”叫木趟儿。天地一派澄明，麻雀从秧田上空飞过。朗朗的空中，微风轻轻吹拂。秧田要做得像水磨豆腐一样光滑。农夫举起“耒”，将横木远远地、轻轻地贴近地面，来去匀动，水中的泥土很快像镜面一样，映照出天空的云彩。

秧田，是精耕细作的产物。这时候的农夫，更像一个手艺考究的匠人。秧田做得好不好，考验的是形貌粗犷的农夫内在的细心劲儿。粗中有细，毛糙中见精致，说的就是农夫与他手下的田艺。

托物言志，抒写农具的古诗，历来不少。“耕者忘其犁，锄者忘其锄”（汉乐府《陌上桑》），“千顷绿畴平似掌，蒙蒙春雨动春犁”（清代王良谷《环山胜景》），“耕犁千亩实千箱，力尽筋疲谁复伤”（宋代李纲《病牛》）等等，数千年的封建文明，似乎都建立在耕读传世的古老传统之上。

而今立春已过，再过一个星期，雨水将至。谈谈农具，聊聊闲天，阳春三月，往田间地头一站，放眼一望，仿佛即刻看到两千年前的历史文明，是如何一步步走到今天，并且还保持着千年以前的姿态。这如何不让人感怀！

2017年2月12日

# 以田为床，以蓑为衣

蓑衣，在村野，是一种诗意的存在。

乡村，曾经是离不开蓑衣的。

当薄薄的塑料雨衣代替蓑衣之后，乡村的诗意就淡了下去。可是，那时候，人们行走在方便实用的道路上，并不觉得。今天，回头发现蓑衣的好，人们已经清醒过来，追求美学和诗意了。

蓑衣，用棕丝制成。棕树，不仅生产棕竹，用来裹粽子，而且，生产棕丝。到了秋天，扇子一样的棕竹渐渐黄了，如果不被及时割取，那圆满的扇形就被破坏了，有的地方不争气地掉落下来，但棕丝却一茎茎黑簇簇的，分外茂盛了。将棕丝取下来，一根根理顺，码齐，绞成细细的棕条，再将棕条编制起来，就成了蓑衣。蓑衣，看上去都是毛，有人以为用皮毛做的，其实是用棕丝做的，在身上披一会儿，就会暖融融的，带着植物的馨香。

在乡村，制一件蓑衣，其实也是奢侈的事。一般情况，只有大人才有蓑衣。孩子，没见过拥有蓑衣的，即使是男劳力一般的孩子也没有。蓑衣要制得厚，制得密，才能防雨水。制一件蓑衣需要的棕丝，比一张棕板床还多。

姨母家的蓑衣，是从供销社买来的，大概并不贵，否则，不至于每家每户都有。没见过人家制蓑衣，不知道制一件蓑衣，要准备多少棕丝。但棕丝闻起来香，绞起来却伤皮肤，所以，制蓑衣并不怎么有趣，一定是一件苦差事。

对一个乡村农夫来说，蓑衣却是一件要紧的宝贝。农夫一披上蓑衣，就显得分外精神——他这是要出门干活了，而且，是个雨天。天啊，雨天都要抓紧时间忙活，这农夫该有多勤快！一个正经八百的庄稼人，走在田间小路上，远远地会让人产生敬意。黑色的蓑衣，像覆压屋顶的黑色瓦檐，无形中让人生出一种神秘和敬畏。羊肠小道走来了一个披蓑衣的人，赶快让路吧！蓑衣两边茸茸的毛，会扎到身上呢！看看，蓑衣，不仅遮风避雨，还像一件武器。

蓑衣毛茸茸，糙，笨重，并不适合孩子穿。但蓑衣流行的年代，塑料制品还远未流行。一件蓑衣，就像棕板床一样，可以用上十年，符合农民的节俭传统。蓑衣是手工活儿，放到今天，就是一件渗透着工匠精神的艺术品。蓑衣披在身上，有一种对农活与庄稼的敬重之意。蓑衣，保护的是面朝黄土背朝天的背，是日晒雨淋的背的贴身伙伴，是农夫可以依偎的、知寒知暖的朋友。

蓑衣不用的时候，大多挂在堂前厢房的两壁。壁上有个大铁钉，蓑衣就坠在铁钉下，就像一个清代官员，穿着补服，肩膀上披着云肩，看上去严肃而威武。这装束有时更像一件不战而屈人之兵的兵器。堂前挂一件蓑衣，亮明了主人的身份——一个正经的、地道的、手艺熟稔的庄稼人。客人一脚进门，就该多一重敬畏。有的人不这样看：农夫就是下里巴人，有什么好敬畏的！他不知道吃的粮食是农夫双手种出来的；他不知道雨天农夫披着蓑衣去秧田插秧才会有一年的好收成。

蓑衣用久了以后，沾上了主人的汗味。一件蓑衣，用一阵，就得放到河水里泡一泡，用刷子刷一刷，刷完了再挂起来，在通风处阴干。蓑衣，就像棕板，不能常晒，一般通通风，阴干，潮气散尽，就可以了。

其实，不管蓑衣有多好，还是不习惯穿蓑衣。我们这一代很少穿蓑衣了，如今的人更不知蓑衣是何物了。偶尔穿过一两次蓑衣，披到身上，像盔甲，特别厚，特别重，毛糙糙，浑身不舒服。于是，心里觉得哀怜。蓑衣渗了水，一定更重吧！湿答答沿着背，往腿后流水，穿蓑衣，该是一件多累人的事。实在万不得已，谁愿意披蓑衣呢！当然，这只是孩子气的想法。农夫们不这样想，农妇们也不这样想。于是，我想：农人以田为床，以蓑为衣，以苦为乐，该有多了不起啊！

不穿蓑衣的人，看着蓑衣，通常像我一样，觉得风雅。在古代，以“蓑衣”入诗，是一种时髦。古代没有雨衣，雨天要出门钓鱼，一般披蓑衣。垂钓，是仙风道骨的隐居生活的象征。雨天垂钓，那是真正热爱垂钓，真正热爱渔樵生活，真正的闲中有乐。披着蓑衣，在雨中垂钓的景象，在湖上曾经看到，一时就想起那些著名的诗句来：“青箬笠，绿蓑衣，斜风细雨不须归”（唐代张志和《渔歌子》），“孤舟蓑笠翁，独钓寒江雪”（唐代柳宗元《江雪》），“得鱼沽酒歌沧海，不脱蓑衣卧月中”（明代钟丁先《渔》）……

晚唐皮日休，号间气布衣、醉吟先生，有一首《添渔具诗·蓑衣》，反映的就是与案牍劳形相对应的闲适淡雅的隐居生活。诗云：

一领蓑正新，著来沙坞中。
隔溪遥望见，疑是绿毛翁。

不知道古代的蓑衣为什么是绿的，大约材料并不相同。

进了城，只能在博物馆、民俗馆看到蓑衣了。今天，再也难以找寻堂前挂蓑衣的人家了。蓑衣成了一种历史的印记，一种往昔的存在。这大概就是蓑衣的命运。

2017 年 2 月 10 日

# 新嫁娘，花木床

在中国，有的画家由木匠、漆匠脱胎而来。这丝毫不令人奇怪。少年戴进是一位首饰匠，长大后成为画家。齐白石干了大半生木匠，四十岁转而学画。浙江江延根三十八岁学漆匠，成为漆画家。

这只能说明，中国工匠有成为艺术家的基因。

在机械化大生产代替手工之前，工匠依靠双手劳动和创造。装饰行业兴起之前，无论农村还是城市，要添置点家具，都得依靠木匠、漆匠。在农村，取料方便许多。承包到户的山林，种上几排杉树，没几年就能派用场了。城里人取点木料做家具，真叫难上加难。

记得父亲为了给家里添两条凳子，把包装箱上粗大一点的木条、木板，也拆下来。空暇，抡起刨子、起子、锯子，就把凳子做好了。不会木工活的人家，看见父亲的粗糙手艺，还觉得眼热。那时候，人们的生活可真不容易啊！

父母结婚，姨母操办婚事。不久，木匠就进了家门。那木匠年岁大了，气力不够，橱、桌、床、椅几样家什，就做了三个月。母亲结婚至今四十七年了，回到老家，我和母亲还睡她新婚的床。那是一张带床围、帐顶和脚架的大床。一张床，为什么做得如此繁复？年少时，曾不以为然，觉得多此一举，分外笨重，搬挪也不方便。我曾腾挪过两三回，将一块块床板和栏杆拆卸下来，再搭回去，让人汗流浃背。

里侧床围的上部，架着一块横板，上面放一只鞋桶，一只醯，一只竹箆箩。鞋桶形状椭圆，像鞋子，不知道是否专门用来放鞋，也许女人晚上靠在床上纳底，做鞋，针线活没干完顺手往鞋桶里一丢，睡了，很方便。鞋桶有盖子，密封，姨母爱吃零食，通常在鞋桶里放冻米糖。

醯，则是正经用来盛食物的木制器皿。它由一个坦荡的圆底盘和提梁组成，是亲戚用来送新嫁娘礼物的器皿，有吉祥之意。通常，人们说起新娘的嫁妆，会说“装了几个醯”，形容嫁妆之多。其实，那会儿，无论城里乡下，大家都一穷二白，嫁妆也不过就是几笼包子、几只粽子。可是，经历过自然灾害，看到食物，人们的眼睛都冒着绿光。几个醯的食物，够吃一阵子了——这能满足多少口腹之欲啊！

竹箆箩就像花篮，用来放缝衣服的针线和布片，也放织毛线的针线。

靠在床围上，嘴里嚼一点零食，鼻子里哼着村戏，手里织着毛衣，纳着鞋底……这就是一个村妇通常的夜生活，谈不上丰富，却也温馨而宁静。

床带着四十厘米高的围栏。睡在床上，仿佛藏在摇篮里，让人倍感温馨而安全。床围是床的精华，共由九幅画组成。画板与栏杆之间，隔着蝴蝶状吉祥结雕饰。床板照例画些并蒂莲、同枝鸟，寄托着对新婚夫妻永结同心的嘱托，又写一些“花开富贵”、“红梅花开粮满仓”之类祝福的话。只是，里侧三幅长方形的画面，充满了时代感。中间一幅画着旭日东升的大海，有一艘鸣笛的轮船，写着“大海航行靠舵手”，两边分别画着钱塘江大桥和六和塔，颇有与时俱进的气息。

床顶，结着几字形的帐子架。楼上是木地板，踩踏容易落灰，需要在顶部打一个支架，悬挂纱帐。条件好些的，挂供销社买来的白棉纱帐，条件不济的人家，挂自家地里苎麻织成的青纱帐。

九十年代中期，互联网还未兴起，从报纸上了解到时尚流行资讯，国外棉麻风已经开始流行，一条麻料的裤子卖上千块，不由感叹流行的威力。麻料又粗又硬，七八十年代，谁愿意穿自家地里苎麻织成的衣服呀！而今，它们却成了昂贵的奢华！

父亲的书桌，做了一个宝盖形的桌围，上下两层，两边各带一个小抽屉。桌子漆成锃亮的玫瑰红，抽屉中间漆成黑色。抽屉下面，各带一只浪花状的三角木饰。这桌子与同样玫瑰红的椅子配在一起。为方便使用，一对椅子还配有四张同款式的方凳，构成互相呼应的整体。

衣橱是樟木做的。中间架着两档横板，底下是一个衣物仓。以前的生活，人们并不悬挂衣服，而是把衣物洗好，晒干，叠好，平整地放到衣柜的横板上。有时候，人们也熨衣服。在燃烧着的炭火盆里，放一把铁制的熨斗，烫热了，拎起熨斗的木把柄，放到隔着湿毛巾的衣物上，上下来回拖动，衣物就变得平整了。

衣橱柜门上，依次画着梅兰竹菊。蝴蝶、笋芽、山石、花蕊等细部，无不栩栩如生。衣柜里通常塞几颗樟脑丸，每一件衣服拿出来，都带着樟木和樟脑的香味。到了端午节和重阳节，母亲教我编织五色丝络，做成小网兜，塞进樟脑丸，挂在脖子或腰带上，走哪儿，都散发着瑞香，就像今天的香水。

这组家具，如今，有些地方油漆斑驳了，玫瑰红暗淡了下去，黑漆也泛出了白光，只有漆画，还一样的鲜亮润泽。

回味童年，一个孩子的审美思维，大约就在日夜面对匠人的手艺之中，渐渐滋生并成长起来的吧！让我不由心生怀念的是，在那个物质匮乏、食不果腹的年代，人们依然没有放弃对美的追求，对美丽事物的执着，对美好生活的创造！

这大概就是今天“工匠精神”得以重提和重拾的原因吧！

2017年2月13日

# 竹乡，竹艺，竹建筑

小时候，并不知道大墅是竹乡。只知道，咸炖鲜是山里人冬天的好菜。在火炉上置几块木炭，炭火上放一只陶制的汤瓶，里面下笋和鲜肉，煨熟，打开木盖子，香气袅袅，那个鲜啊！姨母家自留地种竹子。我喜欢水竹笋：嫩，清炒、油焖都是好口味，我不喜欢毛竹笋：质地粗，非得炖肉，加蒜。

听长辈们议论哪家姑娘嫁得如何，会偶尔听到竹匠的称谓。大抵在农村，嫁个手艺人，总比庄稼汉好，有几个活钱。可见，在以前的农村，竹匠广受尊重，家家户户都离不开竹匠。

每户人家通常都有几样竹制家具，其中，少不了的是竹榻和竹椅。竹榻是简易的床，平日里竖在杂物间，客人来了，便搁到两根条凳上，铺上些被褥、枕头，就可以当客床了。竹家具，凉，到了冬天，更是冰凉，看一眼，凉到心底。因此，它只能夏天用，临秋就得拾掇起来，收放好。夏天还未到，天气一日日热起来，就让人想念它了。于是，再把它张罗出来。竹榻竹椅，便是这样季节性很强的家具。

竹榻的另一个好处，便是方便搬动。夏天热，最高兴的，是将竹榻支开在敞开的院子里，躺在竹榻上，仰面看梨树黑黑的枝杈，以及蓝幽幽的天空，明净净的月亮。风从山上下来了，吹过院子前面空地上的狗尾巴草、鸡冠花，带着荒野清凉的气息。竹榻也凉冰冰的，就像睡在清水里。闭上眼睛，听大人聊闲天，听青蛙在稻田里鸣叫，听夜沉沉地落下去，不知不觉，就睡着了。

夏天，几乎离不开竹椅。一到傍晚，便从屋子里把它拎出来，在院子里寻个空地儿一放，将菜碗端到小凳子上，就这样吃个随意的晚饭。院子前面的土坡上，打碗花开得茂盛，筷子在粗瓷青花碗壁上剥落作响，吃的都是地里自产的蔬菜，黄瓜、豆荚、苋菜、冬瓜。暮色渐渐下来了，地面还温热着，风从尚塘上吹过来。坐在竹椅上，慢慢地，一口一口将米粒嚼细了，咽下去。米是新米，刚收的，甜；蔬菜是地里刚摘的，新鲜。日子简简单单的，不用操什么心。堂兄弟们坐在石门坎上，一边吃饭，一边吹起牛来了。吃完晚饭，村里的人就走过来。那会儿还没电视，家家户户的门都敞到半夜，方便村邻聊天消夜，还要多准备几把椅子，几把竹扇。稍稍讲究的人家，为方便孩子吃饭，就专门做一张带小桌面的竹椅。孩子坐在椅子里，前面的竹板能支开。

用处不同，竹器的制作也不同。工艺讲究些的，是女红用的针线笸箩。因为爱惜这些物件，我至今还留着一件母亲的嫁妆。这只笸箩是带盖子的圆形竹篮，里外打着不同的花饰，外边是米字花形，内里是相间的方形。圆弧形的盖子上，外边桃花朵朵，里面则打着“毛主席万岁”几个字。这筐箩放在老式大花床的横木梁上，与床围的漆画很搭。一个筐箩都如此精细讲究，橱、桌、床这些物件的制作，就颇费工费力。我成家那会儿，都是简易家具，住单位房，与母亲的新婚比起来，寒碜多了。考究的工艺，结实的料作，由一件竹筐箩，可以推知祖辈们的生活境况。老实说，从前的器具，对于工艺的讲究，比如今繁复多了！

竹箩筐，则做工简易一些，盛谷、盛米、盛粉都得用。凡需要扛着、挑着、担着移动的物，都需要花力气。竹箩筐轻便，制作简单，一个箩筐，半天就打成了。小时候听姨母叫竹匠，只管跟他说要几个。没几天的工夫，竹匠就提着箩筐上门了。

竹工艺，麻烦在取材。竹子长在山上，先得砍下来，剖开，去皮，削成竹篾。这是辛苦活。竹子取下来，生生的，涩，剥皮很难。好在匠人有器具，剥起来也顺当，刨子落下去，皮就下来了，薄薄的。竹皮有天然的光滑与亮度，用处多。剥下来的皮在热水里煮过，放一些石灰，处理过后的竹皮、竹篾就有了弹性，不易断。编竹器的时候，竹匠将篾条踩在脚下，手指快速地翻动，不一会儿，竹篾就成片了。竹器的好处，在于方便修补。摩擦多的地方容易破，竹匠只需要稍稍地穿插几片篾条，就修好了。

塑料制品取代竹器之后，竹匠的生意一落千丈。凤山村的余允省是竹匠，早些年放弃了手艺活，干别的营生去了。大墅发展旅游业，被评为杭州最美竹乡，竹产业也成了要倾力发展的产业，余竹匠就回来重新干起了竹产品手工艺。他编了一辆自行车，一艘篷船，一座宝塔等等，受到好评，顺利出售。他的编制之路由山乡走向城市，成了“非遗”传承人。余允省没想到，日子过着过着，又过回来了。这路子他自己也不曾想到。编制竹工艺品，需要动脑筋，但对一个靠手艺吃饭、心灵手巧的传统竹匠来说，只要有收入，就能想到办法。希望他将淳安的山山水水编出来，编成竹画，做旅游纪念品。大墅专门成立了传统艺人工作室，这位竹匠也觉得日子过得有滋有味起来。

当然，大墅竹产业发展，无论从工艺、技术还是产品的丰富度，当前还只处于起步阶段。竹食品、竹制品的拓展与开发，是大墅发展竹产业要进一步深入的内容。竹的功用，随着工艺与设计的发展，越来越广泛而具创造性。在河坊街看到一家叫“徽字号”的门店，售卖各种各样的竹产品。细竹做的复古的挎包，竹鞭节环戒指，挂坠，项链，手环，烟嘴，许多品种从未见过。随着返璞归真人文风尚的回归，与布衣时尚相映衬的，是这些原汁原味、朴厚自然风格饰品的开发。这也是创意产业风潮兴起之下，生活用品从种类到设计日渐丰富多样的生动再现。

大墅既然是竹乡，按照建筑设计师隈研吾的观点，用当地本土的建筑素材建造居所，是最富有功效而切合实际的做法。一位叫 Elora Hardy 的设计师，在印尼巴厘岛用竹子搭建了一座空中楼阁。在她的眼里，竹子可再生，对环境影响小。为了防止竹子被虫蛀，Hardy 用一种天然存在的硼对竹子进行了提前处理。Hardy

和她的团队先是完成了四十多种独特的竹子结构的设计，这些竹屋与当地景观和谐地融为一体。最得意的作品 Sharma Springs 共有六层七百五十平方米，完全用竹木建造。室内空间中的地板、家具、洗浴用品甚至餐具都是用竹子做的。

这样的竹艺建筑，作为民宿，倘使也出现在大墅，无疑会成为一道独特的景观，也会使竹乡大墅名副其实。一些集聚转移下山的村庄，依然保持着完好的泥木结构，或许可以依托外来的设计力量，借助本地素材，对村庄进行整体打包改造。

这是大墅竹乡将要面向的未来吧。希望未来的大墅，是僻在乡野却具有国际视野、能跟上国际时尚风潮的大墅！

2016 年 11 月 4 日

# 黄泥墙，黑瓦片

泥匠，又叫泥水匠。那是因为，以前，建造房子的主要材料是泥和木。自从农村也流行建造楼房后，泥水匠就变成了水泥匠。

不知道为什么，我至今仍然对往昔的泥水匠充满敬重。真正的泥水匠，一定对泥充满感情。泥通人性，是活的。你用泥造房子，它就成房子；你用泥做砂壶，它就成砂壶；你用泥做字模，它就成活字。泥，几乎万能。自然灾害的年月，甚至听说有人吃泥——那不成蚯蚓了吗？人们把这种有人尝过的泥，美其名曰“观音土”。

泥，在泥水匠手里，就是人。你得栽培它，为它考虑，它才能听你的话。同样的房子，泥房子让人感到暖和。泥，仿佛带着人的体温，像农民一般质朴，温暖。而石头房子，看上去沉甸甸，却是冷的。水泥房子更冷，千房一面的清水泥，适合于当代建筑，表达当代城市人冷峻、严肃、时尚的表情，带有距离感的无表情。

我见过泥水匠和泥。我家的泥瓦房，是姨母八十年代中期建造的。造房子，在农民眼中，并不怎么高深莫测。每天清晨，表弟拿着锄头，在地基上挖土。他先要挖出深深的壕沟，用来填石头，打地基。坚硬的地块，被深深地挖掘了出来，泥土如黄金般耀眼。我不知表弟用了多少个清晨和夜晚。记忆里，暑假，一觉醒来，就看见他弓着身子挖呀挖。每条壕沟宽一米，深一米。挖起来的泥土，堆在空地上，成了小山。这些泥土和后来运至的泥和在一起，成为用来版筑墙垛的材料。

鹅卵石和水泥搅拌，填入壕沟。打好地基后，就得一板车一板车从山上拉来泥土。浙西山区的土壤呈酸性，红色。两种颜色的泥土掺和在一起，拌入黄沙，不断地掺水搅拌，直到有了黏性，再填入版筑之间，压成墙垛。

版筑，从人们将树木上的巢移到地面开始，不知延续了多少年。可是，直到20世纪80年代，我们依然享受着人类文明早期的这种建筑成果。那时，我看到人们用木板制成框架，看到泥土如何被填入，我并不知道，这是历史给我们的馈赠。

泥水匠，不仅要和泥，还得糊墙。版筑形成的墙垛是粗糙的，待木工将梁木结实地架在了墙垛上，瓦工又演绎出了完美的水痕一般的屋顶之后，泥水匠还得帮助把房子刷漂亮。这时候，他站在高高的竹架上，负责给墙垛搽粉：先把黄泥墙面抹平，再粉白。这可不是一般的气力和耐心。

泥水匠的心，和手中的泥一样，仁慈，善良，悠着性子。他实打实地卖力干活，不要任何一点小心机。房子结实不结实，不看木梁粗不粗，而看墙体实不实。泥水匠是不能有一点儿偷工减料的活。活计考验人品，塑造人品。

村里的泥水匠，泥瓦匠，一般都受人尊敬。活计不行，房子会坍塌，这可不是开玩笑的买卖。人们常说，好的泥房子比水泥建筑牢固得多。有的泥房子百年不倒，而七八十年代建造的砖房，三十年过后，很多都成了危房。

泥水匠受人尊敬，因为家家户户都离不开泥水匠，家家户户都得造新房。即使后来泥房子成了砖瓦房，泥水匠也大多成了水泥匠，人们也还是离不开泥水匠转变而成的水泥匠。泥水匠在村里通常扮演财大气粗的角色。好的泥水匠往往成为建筑包工头，成为农村最早富起来的一批。

泥水匠进城后，更多在工地上发挥作用。城市化使城郊的每一块土地都建上了房子，中间再缠上几圈水泥腰带，名曰“高架桥”。这么多房子与桥梁，需要多少泥水匠啊！有了房子，家家户户都得装修，享受当代文明发展的果实。这些果实里渗透着多少泥水匠的汗水啊！

如此看来，泥水匠的存在超越了城乡之间的界限：无论乡下，还是城里，泥水匠都是受人欢迎的对象。有一年，还在念大学，一个同学的父亲跟随孩子进城打工，选择了容易入门的泥水匠的活，却从梁架上摔了下来，这位女同学不得已，写信向一位知名企业家求救。这位企业家捐了不少钱，将泥水匠的伤治好，还承担了女同学的学费。这是大学期间一则温暖人心的事件。二十多年过去了，我仍然为这位同学感到暖心和宽慰，为她及时拿出主意救助泥水匠父亲感到钦佩和幸运！

大学毕业后，有一阵子，西湖边流行当代艺术。不少公园空旷的草地上，放一个当代雕塑或者装置。太子湾公园内，竖起了一道泥墙，一看就是版筑而成的。为了这道泥墙，设计人还在大学开了一场讲座，谈论自然与人类的和谐相处。其中，一个说法令我忍俊不禁。夯筑泥墙，周围一圈草皮受到踩踏，设计者因势空了出来。他陈述道，这是为了保持人类与自然的距离。一道原生态的粗糙的泥墙，放置在种满郁金香的太子湾公园内，显得特别朴素，特别另类。我专程跑去欣赏这道泥墙，虽然它保持了很短的时间，但我相信自己看懂了设计师的语言，因为，我懂得版筑，懂得双手搅和泥土的滋味！

版筑泥墙，成为当代艺术，这是我不曾想到的。

去年，为了修缮老家的瓦房，姨夫也帮我请了泥水匠。老宅焕然一新，俨然成了新居。让我默默地感谢这位泥水匠吧！他不仅安慰了三十多年前的老房子，也安慰了倾洒过汗水的表弟，还安慰了寄托着浓浓乡愁的母亲和我！

没啥说的。感谢您，泥水匠！

2017 年 2 月 15 日

# 古宅，风雨中

儒洪村287号，一座带天井的明式大宅院，被列为淳安县一类历史建筑的，是堂嫂的娘家。至今，堂嫂的父母亲仍然居住在这座历史建筑内。建筑位于村庄密集的民居小楼中间，就像一个衰朽的大户人家的老人，端坐在熙攘的人群之间，不嬉笑，也不言语。它只静默地看，静默地存在，静默地传达历史的沧桑与厚重。它占地开阔，虽然老朽，依然仪态万方：按照旧式宅院的格局，讲门庭，讲雕饰，讲居住的秩序与唯美。我站在院落里，只剩啧啧赞叹——赞叹古人生活的体面与尊严，赞叹古代艺人工匠的巧夺天工，赞叹似水流年曾经的繁华与精致，赞叹曾经浸泡在缱绻温柔中的乡村文明。

论村庄的名字，儒洪是我听过的最端庄大气的村名了。母亲的娘家，就在一桥之隔的山后村，对于儒洪村的历史，所悉颇详。“那个村，古上多出大官。”母亲如是说。联想到“谈笑有鸿儒”，恐怕走出村庄的读书人颇多。学而优则仕，当官的也就多了。

儒洪村，据说，在古代土地贫瘠，一直以来很穷。然而，后来它突然兴旺发达起来，而凭借风林港两岸沙地一直很富裕。多出地主乡绅的山后村，从此却渐渐势力衰微。多少年来，两个村庄憋着气，互相竞争着发展。传说，这是因为两个村庄的祖先发生过一次大规模的械斗。械斗之后，山后村的祖先就立下了规矩：有女不嫁儒洪村。儒洪村也立下规矩：有男不娶山后女。这其中的缘由，听起来竟像是《白鹿原》中的故事，是为着一块事关村庄风水兴衰的宝地。

传说，史上山后村有一个乡绅，女儿将嫁到儒洪村去。这女孩的陪嫁相当丰厚。乡绅说，夫家可以选择其中一块地。儒洪村的夫家，是个异常精明的人家。他们请了风水堪舆师暗地里看了这几块备做嫁妆的地。风水师指着其中一块看上去毫不起眼的荒凉之地说："就这块。"夫家人大惑不解："为什么不选那些看上去肥沃易种的沙地？"风水师只神秘地一笑："定海神针就在这里。"夫家人马上暗地里联系那个要嫁过来的女子，请她向乡绅提出要那块荒凉之地。此女嫁给儒洪村后，这块地也易主夫家。从此儒洪村时来运转，兴旺发达起来。这秘密后来被道破，消息不胫而走。山后村全村男女老少出动，两个村庄为着这块地大打出手，在桥上发生了一次激烈的械斗。这次械斗后，祖上就留下了山后女不得再嫁儒洪男的规矩。

母亲说起这个掌故，是因为亲戚的女儿恰恰看上了儒洪村里的男同学。这段恋爱从开始就遭到极力反对。母亲也表达了她的担忧，觉得家长的反对是有道理的，因为违反了古训。这时候，一种绵亘已久的乡绅文明弥漫过我的脑际，宗族、祖训、门风等等概念从我脑海里升腾起来。难以想象，这个几百年前的传说至今还在影响村里人对于现实人生的选择与判断。怪不得，我那叛逆的青年时代，不问乡族规矩的做法，总是得不到乡邻亲戚的理解。原来，这些看不见摸不着的宗规一直在乡民的思维言行中代代传承，就像一顶无形覆压的屋宇。而此刻，儒洪村 287 号的“道山毓秀”古宅，就像一件古代宗法与乡村文明的象征物，切切实实、明明白白地展现在我的面前。

沿着狭窄的村道，穿过院门，是开阔的大院子。左边高高的墙壁，并排的两间房，大门与偏门各一。轩昂的石门上方，云纹砖雕的双层门檐之下，是　块石刻的匾额，刻着“道山毓秀”四个大字匾额，下面是毛主席的头像，再往下有一个淡淡的“忠”字——这是“文化大革命”时代残留的痕迹。偏门单层砖雕门楣，之间的空白墙面上，绘着复杂的花纹边框，里面写着“义路”二字。穿越厢房之间的板石地面，中间低洼下去的是天井，细雨纷纷，从空中洋洋洒洒地飘落。阁楼下的四角廊柱，镶嵌着木头雕饰，雕刻着宝瓶、莲花、如意、君子兰及各种花叶造型。这些造型乍看是富贵的牡丹，花叶交倾，栩栩如生。一则雕刻着绿树环绕的门庭，八仙桌及花架。繁复密集的花卉中间侧卧着一匹栩栩如生的宝马，上方是两只长喙的喜鹊，苍然翠柏之间鸟雀互相应答。下面则是一对母子战马，与之对应的，是母子大象。一颗枇杷树上，停落着两只展翅的灵鹊。屋檐下的暖巢中，灰雀安然而卧。大朵的花卉与燕雀之下，两只报晓的公鸡互相应答，繁复的花鸟图案之间，雕刻着一个狮子头像。

与大门相对的，天井的里侧，是正堂。正堂三米进深，置放着八仙桌，是一家人吃饭的地方。两侧四间厢房。阁楼全用木梁构架，阴暗空阔。右边小门出去，是另一间房，搭建了灶台。一家三代住在古屋里。乡村人生活马虎，无多讲究，用具堆砌得有些纷乱，破坏了古屋端妙庄严的气象。

料想，当初建造古屋的主人，即使生活在这僻远的乡村，也懂得乡村生活的雅致，不然，不会有如此众多繁复的雕饰。这样的古屋，若能悬挂长长的画卷，置放些古色古香的家具，放几个盆景花卉，一定能打扮出与之相宜的气质。而今天乡民对待生活的马虎态度，古雅乡村文明的凋落，当时建造宅子的祖先能预料到吗？

如是，倒叫人生出许多遗憾。听堂嫂说，新楼已经在建造，一家人不久将搬迁出去。这古屋再精致，再繁华，再厚重，毕竟是隔着时代的沧桑旧物了。而我的心，却为之恋恋不舍。我是个怀旧的人，常常沉浸在旧时代那些消耗时间与精力的工艺中，对其流连忘返，啧啧赞叹。今天，再也难以找寻如此精致的屋宇与雕饰了。曾经在一个空中花园里聚会。餐厅里放置着颇有气势的端庄大椅子，漆色锃亮，富丽堂皇，不过都是机雕产品。其图案的精致，工艺的精湛，与这古屋里的木饰无可比照。快节奏的现代生活，消磨了人潜心经营一物的意志。这被今天的人们越来越多地意识到。“工匠精神”的复又倡导，就是在人心所向的背景下提出的长着旧日青苔的意识。

站在古宅的院落里，忽然想起母亲提起的传说，不禁失笑。那一对横遭阻拦的恋人，如今孩子已经念小学了，夫妻生活美满。祖先生活，印痕斑驳的一页就要翻过去。如今的村庄，都是密集齐整的新式洋楼了。农民的生活，向城市看齐，乡村的感觉越来越稀疏了。是啊！流水汤汤，岁月更替，人总要朝前看的。对于往昔，对于古宅，只能驻足观望了。

可是，我的脑海中升腾起一幅图景：在这夏日渐渐来临的飘着细雨的日子里，天井里放一只乌龟，堂前端一把竹椅躺下，淡淡地看看天色，喝一盏杨梅汤，看乌龟在天井里爬来爬去……这是多么惬意的生活！

居宅能够提供多种生活的可能性。有些生活方式，是更适合古宅的，譬如，半夜躺在雕花大床上看《西厢》，看《聊斋》，看窗外一轮明月，再譬如秋霜渐降，衣裾寒凉，卧在炭火边，听一曲《汉宫秋》。可惜，这样的生活一去不复返了。

由是，古宅作为昔日乡村文明的一种象征，希望在风雨中长久伫立。至少，可以在孩子面前，告诉她阿公阿太曾经的故事，曾经的生活，让他知道，他从哪里来。

2016年5月30日

## 笑声里，那些花儿

结亲，是婚姻的俗语。

农村里，婚姻指夫妻之间缔结契约，而结亲，则表示因为婚姻建立了亲戚关系。在农村，不经过婚姻，就理解不了错综复杂的亲戚关系。只有经历了婚姻，个体的人才能成为巨大关系网中不可缺少的一员，才能渐渐理解，什么叫姻亲。

大学毕业，扳扳指头，已经读了十五年的书。人生能有几个十五年啊！不知道为什么要学那么多根本用不着，极度繁复又艰深的知识。总之，大学毕业，到了该成家生育的年龄，对于社会人生，我却还像个小学生一样，单纯得一无所知。

寄宿生活多年的缘故，什么事情都独立自主，以为婚姻也一样。没跟父母打招呼，就自己去登了记。听男方说要摆酒，就拎起电话，打给了一个亲戚："某日某时到某酒店吃酒啊！帮我转达一下亲戚吧！"电话就挂了。

婚姻，是不能打草稿的。

我这样的做派，引起了轩然大波，令父母颜面尽失。亲戚们不理解：结婚这样的大事，当然要摆酒，怎么不登门请示和邀请呢？！按照家乡的礼俗，登记前，为了征求所有亲戚的同意，女方得带着男方一家家登门去请示呀！

这些礼数，由激愤的母亲嘴中一点一滴吐露出来，已经太迟了。她应该在我进入青春期后，就开始启蒙。可是，那时候，我最大的任务是考大学。而上了大学，父母却以为，千军万马过独木桥的大学都考上了，婚恋不过是小菜一碟，还能出什么问题吗？他们自然掉以轻心了。他们没有意识到，婚恋对于一个女孩的人生，可能比读书更重要。而读书与婚恋，方法与途径截然不同：前者只需闭门深耕，后者却需要开门交往；前者只需要一个人殚精竭虑就能完成，后者却是家族之间的大事，需要群策群力的智慧。

母亲只是吵架似的说了几句，义愤填膺。我对这些礼数一无所知，知道一点后，又觉得与所受的书本教育大相径庭，一听到要一家家登门去请示，顿时觉得头疼无比，心理上，一直与三姑六婆、七大姑八大姨保持距离。

对这些礼数的渐渐理解与接受，是见了亲戚家的女孩上门之后。女孩经过多年坚持，终于迎来了美好的婚姻。那一天，他们一对新人提着礼物上门了，是来通知邀请喝喜酒的。我坐着，即刻产生了一种神奇的感受，让我理解了什么是婚姻的美好与亲人的祝福。我才意识到，以前的执着可能是错误的。三姑六婆，七大姑八大姨，既然作为一种存在，一定有她们存在的合理性。

于是想起了幼年参加的一则乡村婚礼。那对年轻夫妻都是本村的，自由恋爱了。按照乡村礼俗，结婚需要履行媒聘的正式手续。母亲那时候年轻，模样标致，婚姻幸福，就成了他们挑选出来的媒家，受到邀请去吃酒。奇怪的是，那女青年一路哭，仿佛不是去结婚，而是下地狱。她三番五次挣扎，誓死不嫁的样子，但终于还是到了夫家。吃酒的时候，她已经欢声笑语了。我不知道母亲出嫁有没有哭过。凡大声哭泣的姑娘，大抵受到大家的褒扬，因为那是爱家、恋家、懂礼数、通人情的标志。孝女出嫁，不忘娘家的恩情，大抵是这个意思吧。

到了夫家，却有一整套礼数。新娘走到夫家的地界，脚是不能落地的，或者在地上铺红地毯。没有地毯的人家，就由夫家一个年长的男性长辈背起新娘，一直背到家里，换上夫家准备好的鞋，男方家的婚宴才能开场。而婚宴，如今都看上去差不多。

农村的女孩，普遍早婚。我读高中的时候，初中辍学的女同学已经结婚生子了。许多年后，人到中年，遇到一些初中女同学。她们有的嫁得好，生活得富足而滋润；有的年华老去，已经消逝了青春的容颜，认不出了。有的生了多个孩子，在潦草人生中度过清贫时光。

想起当年的那些乡村女同学，不由回忆起朴树唱的《那些花儿》中的歌词：

那片笑声让我想起我的那些花儿
在我生命每个角落静静为我开着
我曾以为我会永远守在她身旁
今天我们已经离去在人海茫茫
她们都老了吧？
她们在哪里呀？
我们就这样，各自奔天涯

她们已经被风吹走散落在天涯
有些故事还没讲完那就算了吧
那些心情在岁月中已经难辨真假
如今这里荒草丛生没有了鲜花
好在曾经拥有你们的春秋和冬夏
她们都老了吧？
她们在哪里呀？
我们就这样，各自奔天涯

是呀，她们都老了吗？她们在哪里呀？她们都嫁得好吗？她们都生活得好吗？

2017年2月17日

# 地 理

积岭，是浓绿重染的山岭吧！

# 龙泽，凤林

风林港，其实，只是一条溪水。

港的称谓，总让人联想到大船、油轮在深深的水域行驶，水面风平浪静，船下涌动着汩汩暗流。港，沉静、宽阔而深厚；而溪水，却只是一弯浅流，哗啦啦地跃动出喧嚣与骚动。港是沉默的汉子，溪就是调皮的少年；港是端庄的妇人，溪就只是活泼丫头。溪水之上，怕只适合竹筏、皮筏之类的小型运输工具。我从没在凤林港上见过大船。竹筏倒是乘过几回，它们就像树叶轻轻地漂浮在明澈见底的水面上，令人想起《小小竹排江中游》的歌声。青山秀水，波光潋滟，长竿轻点，竹筏悠然。此图此景，令人心醉神迷。

待翻阅淳安县志，查看凤林港流经的地域面貌，我已经念初中了。即使在地图插页上，暗绿色的“凤林港”三个字标得端方谨严，也还是让人觉得陌生。不信，你走在家乡的路上，随便向农民打听“凤林港在哪里”，没人能回答。但你问他“伊条溪在哪”，他立马指给你。“伊”就是“那”的意思。“那条溪”，是农民对凤林港的称谓，听起来亲切而钟情。方圆十里没有别的溪水，自然，一些短浅的沟沟汊汊也是有的，但，毕竟都是些无名的小流水。

淳安西南一座叫“磨心尖”的山峰，海拔一千五百二十三米，是凤林港的发源地。溪水宛转而下，一路奔腾雀跃，穿越群山田野，流经四个乡镇，从东北角注入千岛湖。我的家乡大墅是它流经的第三个镇。在沙滩和鹅卵石绵延的两岸之间，阔约百米，流水汤汤，灌溉原野。家乡因为“伊条溪”而显得清秀明媚，温厚蕴藉；“伊条溪”因为家乡的青山沃野而百转千回，深情款款。

凤林港清澈见底。阳光透过水面，能清晰地看到鹅卵石匍匐着的河床。两岸是广袤而沉郁的原野，人在水中，能嗅到麦禾成熟后弥荡着的植物的馨香。波光如镜，清风拂面，一切如此静谧安宁。有水便有桥。拱形的大墅桥横跨于河两岸，桥头高大的樟树蔚然如云，苍老的藤蔓从树干垂挂下来。清晨或黄昏，三月的迷离烟雨，十月的稻菽流金，桥都成为一个充满诗意的意象，烙印在远方游子的心中。

记忆中，岸上的村落，只粉墙黛瓦两色，匍匐于田野。中国村庄的传统，屋舍建造前，必请德高望重的风水师勘察地形。无论村庄大小，大多依山而建，傍水而居。有水井处，方有人家。有了水，五谷方能生长，子孙方能绵继，村庄才有根脚，田畈才有炊烟。

从村庄出发，走向远方的年轻人，在他此后的生命河流中，乡村便成了他征途跋涉的力量源泉。故乡，就像一株青禾，生长在游子的心中。无论走到哪里，他是断然忘不了故乡上空那一缕炊烟了。游子一边行走，一边吟诵那无边的愁思，世间又多了一个诗人。怀着强烈乡愁的诗，诉说着人们对农耕文明的不舍与怀念。我的家乡盛产陶渊明一般的诗人，白天忙于农耕或渔猎，夜晚看一轮月亮悄悄爬上山岗，才思喷涌，举毫挥墨。转眼间，田间地头的农民便成了诗人。

手头有一本老师的词集，其中一则——《渔歌子·观音渔》记录了“南来庵”下月夜捕鱼的情景：“明月盈滩水闪光，匆匆渔火两人张。溪鹭闯，篓鱼慌，渔归问酒举炊忙。”词末作了详细的注释，云：“筑石围堰以摸洞抓鱼时，双手合掌作观音状，遂称‘观音渔’。”作者凌至诚先生是家乡一代名医之后，现在已经八十二岁高龄了。我半途转学回老家，有幸做了他的关门弟子。他不仅自己捕鱼、种地、摘茶，还能亲手设计房子、搭模型、砌房子、治病、作诗、剪纸，竟是无一不精，甚至退休以后，为了解决春汛夏旱，还为村里筹谋，兴修了水利。能受教于这样的老师，不是三生有幸吗？尤其他的品德为人，更如这满月的清辉，让人叹为观止。

凤林港捕鱼可是有趣的事。夏夜，月光白皑皑一片，雾气还没上来，青蛙还在秧田和池塘里“呱呱”欢唱。我们这些十四五岁的少年，就背上渔网，提上竹篓出发了。竹筏一条条横卧在沙滩上，我们选中又宽又大的一条，使力推下水去。竹篙一动，水里的月亮破了，碎了，像一潭玉屑沉浸在清波里。两边是黑魆魆的田野，静穆的村庄，绵延而高耸的山峰。我们横穿溪流张网，然后避到一处水流缓慢的地方，躺在筏上唱歌。我至今记得，表姐唱的那一曲《好山好水好风光》。甜润清亮的嗓音划破水面的寂静，像清风一样，吹拂在少年的心田上。夜深了，我们收网回去。网拉起来，沉沉的，大大小小的鱼，一条条从网上摘下来，拾掇到鱼篓里。接下来的几天，饭桌上便有了鲜鱼。

从老师口中知道“伊条溪”叫“凤林港”之后，它的形象顿时典雅空灵起来，脑海里产生了“有凤来仪”的遐想：难道我的家乡曾有凤凰徘徊于林？临近有一个乡叫“枫树岭”，就是如今颇有声名的美丽乡村——下姜村所在地。“凤林”也许是“枫林”的谐音吧！大墅中学建在凤林港突兀的山岩上，校舍是带着长廊的曲折迂回的平房，白墙黑瓦，掩映在婆娑树荫中。那时候，宿舍还未安装自来水，每天的用水要去山下提取。我身形细弱，端着搪瓷大盆，穿越一道道迂回的石径，如同《少林寺》中的僧人一般。这着实锻炼了筋骨，不到半年，我的腿臂粗壮了，面色红润了。

听先生说，自南宋始，凤林港一带逐渐人烟生聚。北宋即有方腊一支在淳遂两地活动。而今，两岸余姓、孙姓、凌姓、王姓的人家亦不少。新安江水库建设，大水淹没狮城，少年父亲靠一根扁担将家什挑到了凤林港畔。溪对岸，即是山峦，一个由移民建造的崭新的村庄飘荡了起来，因背山面水，地势起伏，村民擅长捕鱼而生活稍稍富足，当地人又称它“金銮殿”。

我家的房子粉墙黛瓦，门楣上方着墨色字迹“莺飞燕舞”，在春日融融的阳光下，让人看着祥和。门前一口井，井水连着溪水。河埠头上，一天到晚，都有女人的身影。洗衣服、洗菜蔬、洗农具，凡能洗的，都拿到埠头上。女人们一边用木槌敲打衣服，一边朗声谈笑，老公、孩子、地里的庄稼、田头的瓜果……女人们说得唾沫四溅、津津有味。去埠头勤的人家，通常家里干净，田头整齐，日子过得更舒心，更惬意。每一个美好的家庭，都离不开勤快而愉悦的女人。

十七岁，我坐船离开家乡，告别凤林港。从此，那清波荡漾的光影就只能萦绕在脑际了。我时常庆幸有那样一段与故乡亲密接触的少年时光，使我在后来的岁月里，常常怀着深切的乡愁。宋代苏轼的《赤壁赋》云：“月出于东山之上，徘徊于斗牛之间。白露横江，水光接天。纵一苇之所如，凌万顷之茫然。浩浩乎如冯虚御风，而不知其所止；飘飘乎如遗世独立，羽化而登仙。”教书时，每念及此，便怀念起那一段岁月来。望着眼前城里长大的学生，虽试图尽力描绘那空灵神妙、物我两望的妙境，总觉枉然。

离开家乡快三十年了，不曾再有那样的山水、月光之娱。偶然回乡探亲，凤林港已没有了少年时波光粼粼的影子。上游造了水电站，水浅了，流细了。许许多多的年轻人离开了家乡，去城市讨生活，与偌大村庄相伴的只有老人和孩子。粉墙黛瓦的泥瓦房逐渐被马赛克墙面的幢幢楼房代替。山里农民集体搬迁下山，溪流边的田畈上竖起了高高的楼房。报上曾看到浙江有些村庄邀请专业建筑设计师参与村落设计，家乡也邀请中国美术学院做了风景生态的全盘规划。如此看来，我的家乡又何其幸运！

我常常想，有一天，能约上少年的玩伴，推下一条竹筏，回味一下在凤林港上漫溯的时光。每每站在河边，总有“逝者如斯夫”的感慨，我再也回不去那往昔的岁月，踏进同一条河流了。凤林港，我心中的凤林港，也如同我，跨越了从少年到中年的时光。现在的它，是一条平静而低缓的溪流，少了少年的浅薄与明澈，青年的激越与壮阔，变得沉默了，如同经历岁月风霜的我。我始知，变化的不仅是溪流，还有看着它的人的眼，人的心。

然而，纵使千变万化，我的心里，凤林港始终是“伊条溪”，家乡的母亲溪。

2016 年 1 月 22 日

# 暖暖，远人村

大墅不大，只巴掌大一块地方。

从百度上查“大墅”，只有淳安和安徽有两个同名的镇，都在山乡偏僻之地。大约山里人深山不见日，到了稍稍开阔一些的地方，便觉出大了。我的故乡大墅，确有良田百亩的平原，包围在绵延的山岭间。大约从小长途往返城乡的缘故，我很早就知道，大墅很小。

然而，小时候提笔写信，信封上落下的却常常是“大市”两字。农人向往城市。在故乡的方言中，“墅”和“市”发音相近，“墅”字笔画多，改成“市”字，既适应时代需要，又能显出革命的朴素。

“大市”，从来没有城市的模样，至多，只有一些小集市。而这些集市，便是农人对于城市海市蜃楼一般的想象。即便如此，方圆百里，“大市”也算得上一个热闹地方。这种热闹，是从供销社的设立与兴起开始的。供销社，是最早的市集聚散地。小时候，供销社百货商店里有一种糕点“甜指头”，是我最期盼的美食。商店里经常看到年轻女人的身影——和城里一样，女人们都爱购物。

社里的女店员，常常有面对顾客的机会，成为方圆一带的公众人物。女店员的故事，常成为人们餐桌上的麻油酱醋。印象里，最标致端庄的要数布行的店员。她永远一领童花头，发漆如墨，中长脸，小翻领咔叽上装，表情冷漠，从没有笑容。她的气质与这布行最相宜，仿佛本身就是一块上乘的确良，要看成色如何，只消听听布的撕扯声即可。虽然没有微笑，手上的活计却很在行。刀起声落，一会儿，布便包在黄表纸里了，扎上一根麻绳，丢到你面前。长大后，男同学考取了中国人民大学。我们都盼望他从北京带回女朋友，没想到，有一年放寒假，他悄悄来到大墅，向一个女店员倾诉不息的思念。那时，我想，大墅是一个多么纯净的地方啊，连爱情也如此纯粹而本色！

童年记忆里的大墅，有碧波清澈的凤林港，安静祥和的大墅村，书声琅琅的南来庵，伟岸厚朴的大墅桥。大墅村，俯卧在凤林港南岸的平原上。站在山顶朝村庄远望，令人想到东晋陶渊明《归园田居》中的诗句：“暖暖远人村，依依墟里烟。”

大墅村，是这一带最大的村庄。隔着一条溪，远远望去，它圆润而沉默，像封闭着心事的青年。你只知道它是悦目的，有能量的，但并不了解他。因为从小性情安静，童年的我也不喜欢东奔西跑。一直到上学，小学就在对岸的大墅村，我才得以走进这近在百米的村庄。

大墅村，是一个古村落，从居民高高的宅院与门庭看出来，垒叠而起的砖墙厚重端方，支撑起徽派建筑覆压的屋顶。村落傍水而居，一条水渠作为主干道，深巷短行，井然有序。粉墙黛瓦的宅院里，布衣粗服的村民挑着担，笼着竹篮，去井上、渠里洗菜、捣衣，孩子们追逐嬉戏。村庄之外，听不到任何声音。它封闭静谧——这大概是江南村落的特色吧！

我在大墅中心小学入学，一个星期后，便告别了故乡。印象里，一个女教师尤为关照我。不记得我入学那天是否穿着火红的绸裙和黑皮鞋，但母亲很早为我准备了红领巾，书包是格子布做的——父母喜欢买格子花纹的衣物。放学路上，我遭遇了围堵。一个调皮捣蛋的男生，像风一般迅疾地冲向我。我惊讶怎么有这样野蛮的孩子。幸好堂哥赶上，他两手抱胸，只轻蔑地瞪了两眼，小男生就作鸟兽散了，使我得以平静地度过在故乡的最后时光。那个像风一样的男生后来成绩优秀，人也变文静些了，长大后，学了医，又从了政，成了支援新疆建设的杰出青年。我们遇到，说起这一段往事，他了无印象。

大墅桥横跨两岸，拱形的桥洞，是童年攀爬的去处。那时候的凤林港，春汛之时，溪水汤汤，漫过桥洞。顺着溪水而下的，稻草堆，横梁木，破衣服，甚至母猪，什么都有。农人会说，上游发了大水，村庄遭殃了。临溪的几户人家，屋里进了水，水淹到老式木床下，一家人穿着拖鞋，举着脸盆进进出出。桥洞空无一物，风却大，是夏天纳凉的好去处。有的农人抱了席子，摊在里面睡。但母亲说，水里有蛇。母亲爱干净，夏天再热，她也喜欢我乖乖地待在屋子里，哪里都不去。

桥上，是乡村男女谈恋爱的地方。小石狮子，一到夏天，便被摸得滑溜溜的。桥上有灯，灯杆高高的，调皮的小孩拿来作靶子。十七岁时的冬天，我和表姐站在桥上合了一张影，我穿一件绿格子大衣，表姐穿一件橘红大衣。这似乎是与生俱来的搭配。我自小文静，表姐生来活泼。我看到自己长大了，个子长高了，稚嫩的脸庞踌躇满志而又忧愁迷惘。这一直是我青春期的模样。

作为故乡人，深感愧怍的是，对于故乡的历史，素来无知。查阅过县志，鲜有记录。大墅在历史上，隶属于新安、建德、遂安，县名几经更替。当地人的相貌，却有北方人种的痕迹。外公坟碑上镌刻着“江左郡”，而父亲则来自“河南郡”。长大后，曾琢磨自己的模样，怎么看，都不像纯粹的南方人。而家族的记录珍藏，都在“文化大革命”破四旧的岁月里毁弃了。存放于外公家明式宅院阁楼里的一屋子旧书，三十八幅祖宗肖像画卷，全部被烧毁。为了响应乡村整体搬迁的号召，整个古老的山后村都夷为平地。从此，我不再认识自己的祖先，不再了解自己的故乡。父亲作为水下狮城的第一代遗民，在大墅度过了青年岁月，而我，只能在童年的记忆里流连忘返。

我想，那就从我做起，记下点什么，只为了给我的儿孙看。

2016年1月25日

# 村庄，稻禾青青

在老家，我居住的村庄，叫麦坞。

这名字，透露着公社大生产的痕迹。20世纪60年代，麦坞突然出现在凤林港北岸，就像今天规模化城镇建设一样，原本草木丛生的荒地，隆起了一幢幢黄泥小屋和大白瓦房，五六十户人家被安排在一垄垄梯田上。这巨大的变化，让我想到那个时期的一些文学作品，如《山乡巨变》，让人禁不住感叹“神女应无恙，当惊世界殊”（毛泽东《水调歌头·游泳》）。

麦坞，就是那个时代，一系列巨变之豹中的一斑。

因为村庄是崭新的，有一种说不清楚的蓬勃生气，整个大墅公社的行政中心也就设在麦坞，麦坞就很受关注。人们来来往往，都向着麦坞集中，各种乡村资源，都向着麦坞汇集，让山里的乡民看着眼热，他们给麦坞取了个绰号：金銮殿。

是啊，在人们心中，麦坞就是这么个挺上台面的地方。

麦坞名不副实，很少产麦。江南山乡作物，麦子比不上水稻。山多地少，每一寸良田自有它的用途。即使种麦，人们也喜欢小麦。小麦没有刺芒，容易拾掇，大麦粒儿扁，刺芒锋锐扎手，难侍弄。种大麦的也有。冬天做冻米糖熬麦芽糖吃需要大麦，种的量不多。番薯也能熬糖。大麦熬出来的糖有麦香，色泽白而晶莹；番薯熬出来的糖有着淀粉的甜味，又红又黑。

春天，人们种植小麦，村前的旷野都是碧油油的。帮衬过姨母家的活计，稍稍懂得种麦子的讲究。农人给麦子施肥，多用牛栏、猪圈里的稻草、粪便。化肥用多了，土地会渐渐硬化、贫瘠。土壤跟人一样，更适宜粗茶淡饭。吸取了养料的小麦，颜色浓、深，枝梗坚挺粗壮。

农人经验丰富。哪户人家勤劳，哪户人家懒惰，只消站在田间地头，朝麦苗觑两眼就知道。嘴碎的农妇就咕哝开了。男人就怕爱管闲事的农妇，懒汉帽子一套上，一世也摆不脱，媳妇也说不上。淘粪挑担，施春肥，是赶着日头不敢怠慢的活计。

和收割水稻相比，割麦简单而有趣。麦子长得高高的，麦秆芯儿空空的，镰刀挥下去，不用力气，就能收割起来。小麦饱满圆润，不用担心缠进头发，掉领圈里，让人浑身难受。麦子收下来，自然要脱壳。记忆里，似乎是将麦子一捆捆拢到晒谷畈，让日头曝晒，持一个木制的杒头，轮着拍打，麦粒儿就掉了出来。麦子晒干了，担到磨粉厂里加工，就能做面了。

小时候，母亲做冻米糕、熬麦芽糖都在晚上。我睡着了，不记得糖是怎么熬出来的了。睡梦中，母亲兴奋地拍醒我，让我起来尝尝。那年月，吃食少，糖也金贵，用途紧的人家，常常盯着鸡下蛋才能换上一包盐，别提糖了。80年代，供销社的白糖还要凭票。母亲持一柄锅铲，将糖锅巴铲下来。那是好吃的食物，香甜脆爽。告别熬制麦芽糖的岁月后，再也未尝到了。

大约买卖面粉便宜，食油却贵，人们便喜欢种油菜。土地承包到户后，种小麦的就少了。油菜更易拾掇，效益高。油菜苗插下去，简单施肥，不出两个月，就长高了。四月油菜花开，芒种就能收割了。将油菜杆儿晒到谷畈上，晒黄，晒老，壳开了，黑晶晶的油菜籽儿落下来。自打的菜油跟买来的不一样，黑黑的，闻着却浓香。

夏天，田畈上禾苗青青。天气一日日热起来，衣衫一件件薄下去。最好的消遣，就是在稻田里钓青蛙。青蛙，是稻田里的美味。稻子长高了，还未成熟，农忙还没开始，一大群乡村顽童结伙玩儿，从村头到村尾，从溪沟到山野。将一段白绳缠在棍棒上，吊一个钩儿，坠上一点饭团之类的诱饵，就蹲到稻田边。这是幼小儿童的玩乐。青蛙是受保护的动物，等到在学堂里听了一点文化，就放弃了这消遣，蹲到溪边钓鱼去了。

住在乡村，听取蛙声一片，是夏夜最好的声乐之享。居所左近有一个荷塘，荷叶长高了，浮出水面，茎茎直立，参差错落，舒卷多姿。薄暮或清晨，莲花盛开，清香袅袅，不绝如缕。虽然西湖也有莲花，却只供游人观赏，不能靠近。小学毕业，父亲带我回乡，第一次看到乡村的莲花，就像乡村少女，天生丽质之余，无拘无束，自由洒脱。

堂哥脱了衣衫，“咕咚”游下水去，像一尾梭子鱼。只听得“噗”一声，花已在手心了。花长在水中，不见得多大，等移到眼前，我们都吓了一跳：花瓣如此硕大呀！这大自然的圣洁之物，是那样纯净、高贵，令我不知该怎样存放好。回到家，赶紧找了一个大瓶子，盛了井水，小心地将它插好。月色上来了，我们静静地坐在边上守着她，看她在月光下皎洁如灼，没有一点受伤的痕迹，才放心睡觉去。可是，一觉醒来，花瓣蔫耷了下来——她衰萎了。

什么事物能跟自然的造化相比呢？它只可远观不可亵玩，只能远远地表达珍惜、爱慕，却不能攀折、占有。所谓美好，就像天籁，只能求存于创造它的环境，不可移植，只能神遇，不可强取。所有圣洁之物，怕都持有这样的秉性吧！于花如此，于物如此，于人亦如此。

一年四季，麦坞最美的时光是春季。记忆中的麦坞，家家户户都有树，桃、梨、李、杏、枇杷、柚子、橘树，都是一些寻常的果树。日子一天天地过去，捱到春，便排着队一般，此起彼落地开放了。自山顶望下去，桃红梨白，整个村庄掩映在花海中。日头大的午后，随处可见蜜蜂嘤嗡，虫蝇起舞。清风从山头吹落，拂着脸，让人满怀欢欣。如此美的村庄，自离开麦坞，就再未见过。后来，生活在城市，见到风景唯美的画面，就会回忆起童年和少年时代的麦坞。到德清参观民宿，听“后坞生活”主人说起夏夜萤火虫的创意，又自然地想起了故乡。那一刻，我坐在落地的木格子大玻璃窗前，沉沉地想：不知道故乡的花开得怎样了？是时候该回家看看了吧！

在异乡为客的日子里，常做与小伙伴们玩耍的梦，不是在溪头鹅卵石堆里找鸭蛋，就在田沟草丛中捡掉落的梨头。右邻伯母生有六个孩子，最小的女孩叫“花娇”。母亲生她的时候已经苍老，她和我同吃母亲的奶水长大。我经常梦到她。终于等到小学毕业，就迫不及待地游说父亲回乡。回乡后，我便找了个借口不走了。这样，我在麦坞待到十七岁。

大约是对故乡的不舍，我冒着所有人的反对，在故乡成了家。我的一生都在与故乡、家人的分分合合中度过，长期与家人的聚少离多，使我习惯了这种分分合合的状态。自母亲也离开故乡以后，故乡已没有家。后来，房屋颓圮、毁坏，只能在亲戚家寄宿，有时候只能住旅店。但母亲和我一样，从车船上下来，脚踩在故乡土地的那一刻，一种真实而亲切的情感油然而生——我们是到家了！

父亲去世的前一天，舌头粗厚到不能说话，问他后事的打算，仍然不置可否。年轻时，家人开玩笑，说到死后之事，父亲总说：“龙驹坞铁板一块。”龙驹坞就在杭州西侧，是火葬场。我们都以为他要在龙驹坞结束生命的征程。没想到走的那一天，他早上起来，很清晰地要回到麦坞去。那时候，高速公路尚未建成，车辗转过桐庐。国道上，父亲坚持不住，咽了气。父亲的回乡，成了家人每年回乡的理由。清明，我们轮流回麦坞上坟。于是，我们终于将毁颓的房屋重新修葺。一家人在外飘零的灵魂，至此有了安放之所。

关于麦坞的记忆，如同长长的流水。幸运的是，跨湖大桥、杨淳高速已经修建好，杭州到淳安的高铁也将开通。家乡，会一日日好起来。这个冬天，家人可以回乡过年了，我的乡愁也终于可以告慰。这，在灵魂跟不上脚步的时代，真是一种奢侈啊！

终于回来了，我魂牵梦萦的麦坞。

2016 年 1 月 28 日

# 会当，凌绝顶

从有记忆始，人们就叫那座山“公山尖”了。不知道为什么叫它“公山尖”。既然有“公”，似乎也应该有“母”。或者，只是为了纪念某位为人们做出贡献的阿公吧！

尖，是淳安人对山峰的称谓。峰愈高，愈险峻，就愈尖，因此，大凡耸立、陡峭的山峰，都不叫山，而叫尖。民众的语言充满了智慧，这“尖”字可真形象生动！

公山尖，离我居住的村庄麦坞不远，我却直到今年才登上公山尖，因为它的险峻非同一般。能登上公山尖的，都是乡村的能人，不要命的斗士、飞侠和好汉。我，一介弱女子，自然与公山尖距离遥远。再说，大墅群山环绕，要爬山，只需出门几步路，谁还一定要登公山尖呢！那哪里是登山，分明是搏命呀！

其实，公山尖并不是多么高的山。他海拔不到七百米，在群山巍巍的浙西，实在算不上惊人，至多只是群山位列中的一个丫头。可是，就是这个丫头，因为进了“尖”的序列，也让人远地里产生敬畏之意，让人对它的身世产生好奇，对它的风貌有了无尽的猜测与向往。因为，尖确实难攀登啊！

姨母听说我要上公山尖，又响着喉咙咕哝了两句："山上有两个潭，一条白龙，一条黑龙。"姨母关于两个潭的说法，我小时候就听过。初中回乡读书，有同学相约爬公山尖，姨母就嘱咐两句："到山上不要大声说话，被龙听到了，天打雷劈！"我胆小，竟然不敢与同学前往。

大墅乡俗中，雷公就是世间的判官。一个人，正或邪，好或歹，别人不知道，天知道，雷公一定知道。也就是说，一个人该不该遭报应，雷公就是那手捏朱笔的神。做了坏事的人，上天一定会惩罚他，天网恢恢疏而不漏。对坏人、恶人，最厉害的惩罚，莫过于天上劈下一道雷，将他狠狠地劈死，让他瞬间成为一堆黑炭。

小时候，曾怀着恐惧之心，听姨母诉说农人遭雷劈的经历。记忆里，最无辜的要数一个花季少女。她三月出门采猪草，结果就赶上了雷。被人抬下山时，整个人都是黑黑的，焦炭一般。我猜测雷公的形象，或许，跟二郎神一样，眼睛突兀在额头上，睁着两眼，到处查找坏人，查找龌龊事，将民情实况汇报玉帝老爷，安排出该天谴的人和事。"头上三尺有神明"，说的就是这情状。

因为相信青天湛湛，大墅山乡民风淳朴，路不拾遗，夜无盗贼。从记事起，姨母家就从不上锁。出门干农活，只需将门一合，就可以安然无忧了。心紧仔细的人家，门环上缠绕几茎铁丝，这便是极其放心的牢固锁钥了。家家户户的状况都差不多。至多，梁上少了两吊肉，这便算重大的失窃事件了。而窃贼也常常保留德行，非常识趣，断不会将肉偷个精光，常常是偷一两吊，尝个鲜。如果主人平素粗心，根本发现不了遭贼。因此，在老家，家是安全的。因为大墅人都知道，头上有雷公雪亮的眼盯着呢！

想当年，在谷畈上晒稻谷，就常留意公山尖。视线越过大墅桥，朝远方张望，查看公山尖山顶弥漫的雾气和烟雨，判断谷子是继续晒还是收起来。既然是龙蟠之地，雨水一般从公山尖产生。山上彤云密布，那便是大雨来临的前兆。从自然气候学的角度推断，也许山高处愈发寒冷，因而能集聚更多的水汽吧。而农人不懂得诸多科学，拟想出心中的黑龙与白龙。白龙生气，则白天落雨；黑龙生气，则黑夜落雨。而电闪雷鸣，天空闪电一亮，轰隆一声霹雷，也往往自公山尖的天空开始，雷声滚滚，绵延天际。

前两年，因为机缘巧合，给一位领导提过建议：家乡大墅适合发展旅游产业。今年春节回乡，去公山尖的山路上，已经游人如织。大墅镇出资，修建了游步道和凌空栈道，公山尖已成为淳安的一个风景旅游点，成为登山爱好者攀爬的主要山峰之一。

虽然公山尖海拔不高，但山势颇为陡峭。海拔五百米之上是大量的绝壁悬崖，这就是有史以来乡人极少登临山顶的原因。如果不是大墅镇出资修建，普通乡民哪曾想到有一天能“会当凌绝顶，一览众山小”？沿着淳杨公路，到达一个叫孙家畈的村庄，就能沿着羊肠小道上山了。淳杨公路是千岛湖环湖公路的一段，开辟有专门的骑行独立绿道。驱车在淳杨公路上，让我想到日本电影《天国车站》里的镜头：漫山的绿荫和红枫之间，一辆白皮火车在山道上“呼哧呼哧”滑过；阳光，空气，山野，那么明丽闪亮；新鲜扎眼的阳光下，人与景都跃动着青春和生命。我想，我的家乡也将成为镜头下的美景了，她就像一个藏于深山的少女，经过大山水土的滋润，终于有一天要面向世人了。

同行的两位初中同学，都是大墅人：一位是援疆干部，一位是企业家。企业家同学发明了去除粉尘的环保专利，自主创业生产机器，产品远销别的省份。他们在山顶停留了很久，拍了许多图片。我问：“山上有龙潭吗？”他们都笑了。千百年来，存于人们心中和嘴上的神话故事，仿佛瞬间没了踪影。虽然没有看到白龙与黑龙，那两条龙却永远盘桓在我心中。它们就是家乡的天气预报，是掌管大地正义与邪恶的神明。只要公山尖在，只要人们心中的那两条龙在，大墅人心中就安安稳稳的，就有了依靠。

缓慢地攀爬在公山尖的坡道上，山气氤氲，弥漫四周，空气一下变得清冽起来。杉树林密密的，矗立无声。鸟声唧啾，幽静而旷远。翻过猪头岩，即是观景栈道。坐在山腰远眺，极尽千里目，坐看云起时。大地就像一张行军图，群山绵延，一座挨着一座。田舍、村庄安详地稳坐于山谷中，沿着凤林港错落有致地排列。远处是绵延曲折的湖岸线，是岛屿和湖泊。山风吹来，松林飒飒作响，山峦和云层交相辉映，恍若仙境。原来大墅只是汪洋湖水中的一大块坡地呀！它是属于大湖泊中的小气候呀！怪不得经年住在大墅，只觉得春暖夏凉，空气宜人！

山脚，靠近凤林港，有一处葡萄园，搭建了两个小木屋，听说是外地人投资的。家乡，越来越吸引人了！亲戚有房屋空置，我也建议开辟成旅社，做民宿。山道上，已经有乡民在卖矿泉水了。“绿水青山就是金山银山。”凭借着美丽的青山秀水，乡民可以在家门口坐等旅游收入了。这一天，就在眼前了。

想到这些，我的心中盛满了美。我想：我那木槿花开的农家小院，有一天，也会宾客盈门吧！春天就要来了，大墅春的脚步近了，公山尖的雷声就要响起了。小时候，念课文：“滴答滴答下雨了，下雨了。梨树说，下吧，下吧，我要开花。”公山尖脚的梨树要开花了，大墅人的心中，也该开花了吧！

2016年2月19日

# 南来庵，冬青林

大墅中学，在老家人口中，被叫作“南来庵”。

“南来”，是校志上的称谓，其实也不确切。中学老师将“南”写成上头一个“四”，下面一个“南”的古体字，也读成“南”。也就是说，大墅中学在建校之前，原来是一个庵堂。

庵堂、寺庙，都是佛门清净之地，用来办学，倒相得益彰。学校，乃象牙塔，干净、纯洁；佛门，是澄思堂，清静、洁净。求学之路，与修佛之路，有许多共通之处：都需虔诚笃静，专心致志；都得拒绝诱惑，远离尘俗。

大墅中学创办的1959年，而破除旧习陋规已旗帜高举，象征旧事物的尼姑庵，自然不得不接受不可逆转的命运。选址庵堂修建学校，破旧习，树新风，应该是时代风向所致，也因为这里清幽僻远，风景绝佳的自然风貌吧！

南来庵，坐落于凤林港曲水低回处一个突兀峭拔的岩坡上。坡下，一衣带水；对岸，良田百亩。清晨或傍晚，南来庵林荫遮蔽，晨钟暮鼓，余音振越。庵中的尼姑们，据说，夏秋之际，也种田收割，挥汗如雨，只在春冬两季，收纳些远近的香火。

第一任校长朱有威，是富阳灵桥人。庵堂改建学校，获得拨款 49480 元。筹建学校临时设在附近的村庄孙家畈食堂，直到 1960 年的 10 月才搬进南来庵，一共 2080 平方米，六个教室。1961 年第一届学生毕业，共有 29 名。1971 年 2 月到 1982 年 8 月，学校还曾响应“社社办高中”的号召，兴办了十届高中，一共培养了高中毕业生 864 名。学校也根据时代需要更换多个名称，获得多项荣誉，2000 年被评为“省级农村示范学校”。朱有威在大墅中学担任校长，直到文革来临，接受审查，成了普通教员。他辗转多所学校，到 1976 年 9 月才得以平反。十年浩劫，摧毁了他的身体。他于 90 年代就去世了。

记忆中，大墅中学青砖隐隐，屋舍俨然，笼罩于一片翠绿葱茏之中。西南角靠近凤林港的山坡建有两纵学舍，北面山坡是“品”字格局的宿舍小院儿，东南面山坡是操场，山谷中蜷缩着食堂和猪圈。沿操场，有一条弧形通道，两侧竹林萧疏，冬青茂密。这些并不高大的灌木，为学校增添了深深绿意。建校之初，朱校长等人亲手栽下这些树，其用意，大抵希望学校能够四季常青吧！校园是师生用双手共同创造的。学校扩建操场，班级分到大片土地。老师带着我们利用休息时间，一锄一锄将土挖平。为了铺路，劳动课，学生们拿着脸盆，走下山坡，穿过村庄，去溪滩搬运砂石。鹅卵石通道缝隙，长起了野草小花，学生们亲手拔除。

冬青林外，修竹参天，阔叶板栗枝繁叶茂。春天，食堂里有笋；秋天，餐桌上有栗子。这都是这一片林木的功劳。宋代苏轼言："宁可食无肉，不可居无竹。"（《于潜僧绿筠轩》）山谷中的修竹，劲拔坚贞，与之相伴，可以修身养性。学校写作文，不少同学写到竹子，老师亦教育我们："要像竹子一样坚贞不屈，而又虚怀若谷。"春夜，新竹拔节；冬天，大雪压枝。这是居住南来庵独有的妙境。上初二那一年，我们暂时睡在改建的山谷宿舍。一个雪夜，我从梦中醒来，只看到莹碧圆睁的两眼，一只野猫"喵"的一声从我枕边跳落，倏地钻出去了。冷风把门吹开了缝隙，循着猫遁去的方向抬眼一看，门外是晶莹灿烂的冰雪，林中传来竹枝断裂窈渺深远的声音。雪，下得真是大了。

睡到天亮，被窝还是冷的，但竟未有艰苦之意。明代宋濂《送东阳马生序》曰："负箧曳屣，行深山巨谷中，穷冬烈风，大雪深数尺，足肤皲裂而不知。至舍，四肢僵劲不能动，媵人持汤沃灌，以衾拥覆，久而乃和。"读到此文，就回忆起当年求学的时光。我们这一代人又何尝不是这样，"缊袍敝衣"而略无慕艳意，"以中有足乐者，不知口体之奉不若人也"。学生奋力求学，教师精于授业，风气纯正，士气高涨。这点生活的艰辛，又算得了什么呢？倒反为磨炼意志创设了条件。

早上五点一刻，起床声泠泠作响。冬天，匆忙穿了衣服，叠完被子，就得排队去食堂，一人一勺热水，再兑点溪水洗脸刷牙。天还是黑的，操场上响起了哨子声和脚步声。每个班排着整齐的队伍跑步拉练，一跑就是一堂课。六点多，南来庵书声琅琅，读书声穿越茂密的板栗林、冬青林，传到遥远的村庄。农人们还没起床，听见了南来庵的读书声，心里就会多一重安心，多一重希望。

这是一幅多么清明祥和的耕读图啊！淳安山乡，自古重学，读书成了大多农人子弟的唯一出路。亲戚族人，再穷，也会挑选一个天资相对聪颖的孩子，合力培养他念书求学，以期他走出深山，光耀门户，荫庇族人。我当初就诧异：缘何几位山里走出来的孩子，看上去文质彬彬，器宇轩昂，而且，都写得一手好字？原来这些孩子并不常参与田间劳作，他们与生俱来的任务，就是为了诗书传家，光耀门楣。

我在学校遇到了一生难忘的贵人凌至诚老师。凌老师的父亲曾是当地一代名医，县志上有记载。他毕业于严州师范，又在杭州求过学，十九岁回乡教书，从此成了一名乡村教师。他给了我人生路上最多的鼓励、最大的期望和宽容。我对于写作的爱好，得益于他的栽培。他将我的作文用毛笔誊抄在红纸上，像大字报一样张贴在室外的廊道上，我因此得了“女秀才”的绰号。他的宿舍设在教室之间，办公与休息同于一室，里面放一张课桌，铺一张床，置一个炭盆。我们常常吃着烤番薯，看他批阅我们的作业。功课讲完了，开始聊家常。他会谈正在设计改造的居室，师母养了几头猪，收割了几斤番薯藤。他知晓我有个严厉的父亲。之后，他俩通信来往，居然成了朋友。退休以后，他热心村庄水利建设，提出许多建议，并身体力行，投入到修挖沟渠的劳动中去。

校长余河生，据说是外公的表弟，一个不苟言笑的人，做过两任校长。一天傍晚，我不小心将一盒刚蒸熟的饭翻倒在了通道上，拿起饭盒就走了，未料与他碰了个正着。他拉着一张极其严肃的脸，厉声呵斥我站住，直看着我把饭捡到筐里才走开。等念到初二，换了新校长陈淮江。他是一个朴实温和的人。他在主席台上讲话，一边思索，一边飞快地眨着眼睛，让人看起来觉得特别诚恳。

学校里的老师，各具特色。他们有喜欢刁难学生而又极其温和耐心的化学老师王明桂，一脸严峻喜欢体罚的体育老师余水生，拥有一副好歌喉的数学老师严中贵。他们艰苦然而乐业，就像山脚的农民，用辛勤的汗水浇灌一颗颗种子，直到它们发芽、长个、结果、收割。他们割了一茬又一茬，而自己却依然过着寺僧一般的清苦生活。其中成绩最优秀的种子选手方红亮，被一路保送，远走天涯，又作为人才引进回归中国，而今是忙着讲学和做研究的学者。

今天，回到南来庵，还能看见80年代鹅卵石通道的痕迹。但是，学校修建了高楼，铺了塑胶跑道，往昔旧影，只能在梦中找寻了。亲戚族人的孩子尚在学校念书，严谨、刻苦、勤奋的学风一直得以坚持。遥想当年，我们在南来庵读书的时光，真是感慨万千。

2016年2月24日

# 洞溪，桃花源

就在几年前，大墅镇尚未发展旅游业，千岛湖大峡谷还寂寂无闻。人们说起峡谷那一带，通常说“洞溪源里”，再往里走，绕上二十来分钟，就到了峡谷的最里端上坊村。因为山路狭窄，路途遥远，通常人们骑自行车进出，或者坐拖拉机，后来也有了面包班车。不会骑车又想省几毛车钱的山民，就靠两条结实的腿，像黑色山蚂蚁那样，徒步进出。

这条深山古道，从什么时候开始有人行走，已经不能考证了。从上坊村《桂林方氏宗谱》的记录来看，宋端宗执政期间，方成公带着家眷迁居到这里。而上坊村进出的道路，自古以来，唯此一条。宋端宗登基是1276年，那么，这条古道至少已经存在七百四十年了。

读初中时，听人说起上坊，总感到云深不知处，因为不曾进过峡谷。但看看上坊来的同学，无论男女，个个明眸皓齿，肤白如脂，跟素日看到的农村同学相较，有一种神清气爽的天然神韵与风采。因尚不知上坊藏匿于深山，也就未能探知其中的缘由，但对上坊来的同学格外生出一种好感。相同的感受，还来自于工作后的一次探亲。在峡谷深处西壁，攀爬一个多小时，到了高山之上的一个小村落，于山地上，偶然看到一个小女孩，那种藏之深山不带人烟气的素净之美，令我顿时目瞪口呆。我始知，深山的泥土、空气、水，能养育出美貌轩昂的藐姑射神人一般的少男少女。

洞溪源，多么美好的名字！令人产生桃花源的联想。外来的客人，来到峡谷，就像东晋陶渊明在《桃花源记》中所说，“林尽水源，便得一山，山有小口，仿佛若有光”，“初极狭，才通人，复行数十步，豁然开朗”。洞溪，确实别有洞天，是幽僻清寂的自然造化，清暑纳凉的天然胜地。

乡民对于洞溪源的传说，却与观景纳凉的惬意消遣无关。他们关心的是柴米油盐的日子。据传，20 世纪 70 年代，冬天有太阳的日子，源里的深山老鳖，仿佛有灵性似的，一只挨着一只，排着队，爬上溪滩坻石晒太阳。这曾经是洞溪源的胜景。记忆里，童年的厨房，小水缸里总养着几只鳖，就是洞溪源的山民捉来的。八十年代后期，村里一户人家突然盖起了新楼，有心人一调查，原来靠的是洞溪源捉鳖致富。村里很快就自发组成了捉鳖队。千年老鳖们，也在那些年月里被捉个殆尽。

上大学之前，我从未进过大峡谷。我的脚步至多到达凤林港进入洞溪源段的口子上。我爱在溪滩里坐坐。夏秋的傍晚，找一块水中的礁石坐下，眼望岸边的芦荻，沙洲上的荆棘，于“半江瑟瑟半江红”（唐代白居易《暮江吟》）中，体会一下《诗经·国风·秦风·蒹葭》的意境：“溯洄从之，道阻且长。溯游从之，宛在水中央。”

后来，同学去了上坊供销社上班，我前往探望。那是第一次进入峡谷。记得坐在拖拉机上，听着发动机的轰鸣，在狭窄迂曲的山道上颠簸起伏，两壁青山相依，山风清冽，一泓泉涧奔突而下，淙淙鸣玉。车先进入洞溪源，走了半小时，老牛嘶吼似的缓缓爬坡，突然间，就盘旋着冲到了山坳平坦处，一个“暧暧远人村，依依墟里烟”的村庄，如梦如幻地呈现在了眼前。我以为，这已经到了峡谷的终极，却见一个少年沿着村庄后面的山道攀爬。原来，翻过高山，还有村庄。我只跟着他走了十多分钟，就不得不返回，少年动若脱兔，早没了踪影。

大峡谷呈“U”字形，从洞溪源进，从儒洪村出。沿着儒洪村再往里走，有一个叫余家店的村庄。有一年暑假，去这个村庄的同学家玩，住了一晚。我觉得新奇的是，早晨起来，村民们都去一条山涧洗脸刷牙。水可真清澈呀！叮咚流淌，怪不得牙齿那么白。中午饭后，同学抱了一卷席子，带我去山洞纳凉。那个山洞，上方有五个大指印，被称为“五指洞”。我们就躺在山洞里聊天。洞壁上挂着几只蝙蝠。她安慰我：“蝙蝠没眼睛，不用害怕。”那是我第一次见到蝙蝠，山里人管它叫“蚍蜊”。

从山路向上望，不是琼崖巨谷，就是乱石绝壁，林木萧森，崔嵬干霄。进入洞溪源，涧流边落着三块巨石，称为“状元石”，又名“生儿育女石”。相传神仙斗法，扁担与箩筐落地，化作了石头。后人以为这是神仙所赐，有灵性。洞溪一带的人家，过此必诚心叩拜，便能顺利生男育女，孩子也能学业有成。这个传说，确实富有当地特色。乡民们没见过世面，心中想象的神仙，斗起法来，用的也是庄户人的日常工具：扁担和箩筐。读书做官，是耕读农家世代相袭的传统；生儿育女，继承香火，学业有成，走出深山，光耀门楣，是每一户乡民的愿望。

有一处景点，叫“仙人挂画”。这个名称，一直流传在乡民的口头。站在涧流边，抬头向上看，石壁峭立，草木不生，就像一卷垂挂的画轴。这样的景色，其实也很普通，但名字里却饱含了乡民淳朴的愿望。小时候，在鹅卵石溪滩上看露天电影。有一部电影，很受乡民欢迎。电影里的后生得到一幅画，画上的姑娘，一到时间就走下来，烧火做饭，跟田螺姑娘一样。画，在乡民心中，不是简单的欣赏物，而是一个聚宝盆，想要什么，它就能生产什么。有娇妻做伴，老婆孩子热炕头，可不就是每一个乡民最朴素的愿望！这画是神仙所挂，自然承载着神仙赐福于乡民的希冀与热望！

我曾在峡谷西壁挑过荠菜。荠菜又嫩又绿，纤尘不染，干净得逼眼，偶然路过，忍不住采了一大袋下山。清明后，我曾去峡谷之巅的高山村探望一位保洁员，整个村庄掩映在一片翠绿的竹海之中，编制扫把成了这个村庄的经济来源。直到新近，我才惊异地发现，峡谷的东边，绝壁之上，高山之巅，竟然还有良田。

路遇两个老汉。他们告诉我，四五十年前，他们曾在山顶的水田里种稻子，下番薯。我只能感叹，峡谷里的生活，比我曾经想象的，要丰富多彩得多！

这两年，大墅开发旅游业，峡谷有了一些新变化。去洞溪源的山道开阔了，进出两次，都见挖掘机在一旁填土铺路，观景台、凉亭也正在修葺中。外来客三三两两涉足这里。他们摄影，攀山，呼吸新鲜空气，体验山居生活。一个村长，正在尝试开办纯净水厂，面向城市，提供高端水产品。好山好水足以养人，养生谷、民宿也陆陆续续正在开发之中。

曾经藏于深山的古老的大峡谷，终于要面见世人了。希望它一如乡民所愿，真如在此挂画的仙人那样，给当地乡民的生活，带去一个美好的未来吧！

2016 年 12 月 6 日

# 绿，积岭情深

积岭是轮渡码头所在地。在大墅镇东北方向，大约十里的路程。轮船一天只有两趟。从这里，人们登上轮船，去往县城排岭，就是今天的千岛湖镇。

积岭的名称，没有更多的推敲与揣度。积岭，让人联想到白雪皑皑的积雪。可是，大墅下雪的天气并不多，站在积岭码头，倒能看见满目绿色。起伏连绵的山是绿的，碧波浩荡的水是绿的，悠然徜徉的云让人感觉是绿的，甚至空中吹来的风，都让人感觉是绿的。

积岭，是浓绿重染的山岭吧！

对于我来说，积岭是一处相逢与离别的所在，是欢喜与悲伤交织共生之地。欢喜，是迎接亲人的到来；悲伤，是送别亲人的远去。小时候，大墅地僻山乡，交通不便：大路没有浇上柏油和水泥，拖拉机来来去去，尘土飞扬；汽车很少，每有班车经过，车后就跟着一大群野孩子，撒腿在后面奔跑。农人从车边经过，都要捂住鼻子："真臭！"说的是汽油味。父亲在外地工作，每次回家，都会乘船从积岭上岸，徒步十余里山路到家。每逢离去，母亲就要带上我，一起为父亲送别。

站在码头，父亲不时抬起手臂看表。在母亲"船还没有来"的安慰与絮叨中，一家人静静地站着。有时候父亲会抽一两支烟，远远地眺望水域入口，船的影子从那里渐渐地冒出来。每逢父亲上船，我总要忍不住大声哭泣，就像生死离别。我死拉活拽都不舍得父亲离开。从他的怀里被交到母亲怀里的那一刻，我就声嘶力竭哭号起来，两手伸向空中，像是能抓住父亲的身影一样。然而，父亲终究是要远去的。我看着他的影子，直到不见，一路哭回去。以后，总有一个星期，沉浸在悲伤之中，久久不能解脱。父亲离去了，家里少了一个人，又显得空荡荡的了。白天，母亲外出干活，我一个人守在家里，除了中午去灶膛端出母亲准备好的饭，差不多就蹲在门口的石阶上，看蚂蚁，看飞虫，找邻居孩子玩耍。童年，父亲常常不在家，差不多都在孤寂与无聊中度过。

也有和母亲告别的时候。那是父亲实在拗不过我要跟随他的意志，决定一起带上我。这时候，我就坐在他的手臂上，被抱上船。轮船靠岸，从船头抛下一块长长的木板。父亲让我抱紧脖子，就小心地踏上木板，颤颤悠悠上了船。这时候，我们看着母亲挥挥手，转身离去。她娇小的身影渐渐迈上台阶，走到大路上。船正在远去，母亲的身影越来越小，像缓缓蠕动的蚂蚁。看着母亲孤单的身影，我的内心总是感到难过和抱歉——孤零独守的滋味，真是不好受呀!

有一年，亲戚的船在积岭靠岸过夜，母亲带我去排岭看医生，我们就住在船上。傍晚，亲戚点起炉子做饭，我在船上的麦秸秆堆里玩耍。水中，一尾尾棒子鱼穿梭来去。天色渐渐暗下来了，麻灰麻灰的。水边蚊子多，成群结队地飞舞，似乎伸出手去，一抓就能抓一把。远离人烟的蚊子像草莽英雄一般狂野彪悍，吸附到人身上，气势凶猛。那是我住在码头的唯一夜晚，让人感受到跑码头的辛苦。

八岁那年，我随母亲离开家乡，从此和父亲在外乡生活了。不记得我们是如何到达积岭，又如何上船，如何转道排岭，如何上车，从此离开家乡的。只记得五年后，我小学毕业，因太思念家乡，就找了一个合适的理由，建议父亲回乡一趟。七月，父亲专程请了假，我们回了家。车到排岭已是傍晚，走了七八个小时的路程。山道弯弯，过了桐庐和建德，竟是迂回的山路。技艺寻常的司机不熟悉盘旋的路径，车轮从山崖边擦过，看得我心惊胆战。第二早，我们在大码头上了船，四个多小时。临近中午，船终于在积岭靠岸。从船上下来，脚踩大墅土地的那一刻，我确定，这是到家了。我的感受依然分明——我是大墅人。

暑假，同样怕坐车的母亲，风尘仆仆赶来看我，我去积岭迎接她。船渐渐靠岸，我站在埠头上仔细张望。母亲终于从船舱里走了出来，她娇小的身影出现在船头。我朝她挥手，大声呼喊。

可是声音太嘈杂了，埠头上的人太拥挤，她东张西望，没能看到我。等她下了船，我蹦跳到她身边，朝她肩膀上一拍。她吃了一惊，立刻惊讶地笑了：“哇，这么高了呀！认不出来了！”窜个子的两年，每逢回家与母亲同睡，她都会在我大腿上捏两把。那时候，我不能理解这种举动。直到我的孩子到了窜个头的年龄，看着他日渐粗壮的胳膊，也会不由自主地上去抓两把，我才知道，那是看着自己的孩子突然长大，涌自心泉的喜悦。从码头走路回家，母亲跟在身后，从背后打量我，一会儿说，腿这么粗了，一会儿说，背也阔了。一个突然长高的女儿，就走在她面前。那时候，家乡固然贫穷，可是，山山水水，白米红薯，也足够滋养人吧！

过年，母亲又回来过一次，大包小包带了许多礼物。我印象深刻的是蛋糕。大墅还没有面包坊，母亲决定带几盒蛋糕回来给亲戚尝尝。蛋糕盒子叠在一起，扎得严严实实的。娇小的母亲提着它，在长途汽车里上上下下，又要在排岭旅馆里住一夜，第二早得提着赶轮船，下了积岭，还得提着走十余里路。这蛋糕，寄托着母亲多少心思啊！

有一年夏天，突然来了一个瘦高个儿。那男人戴白色太阳帽和墨镜，背相机，头发有点卷。他出现在院子前的那一刻，我惊呆了——这身洋里洋气的打扮，就像从电影里走下来的。他坐在姨母家，显得格格不入。他掏出父亲的信，我才知道，原来是从未谋面的叔叔。他刚从积岭下船，我们都不知道他是坐车还是走来的。他此行的目的，是带我去他家补习要命的物理。第二早，他带我上路，我们去另一个码头上船，我却中途逃脱了。

难乎众望，考中专我落了榜。父亲从积岭上岸的那一刻，就沉着脸，神色严峻。人到中年，父亲的事业遭遇低谷，身体又出了问题。各种压力之下，他的穿着也变得马虎了。他穿了一件破汗衫，完全没有了我心目中文质彬彬的气质。我在积岭迎接他，跟在他的身后，默不作声。我想，自己大抵是让他失望了，所以没有发言权。但我依然提醒他："不能换一件汗衫吗？这样到亲戚家多不好！"

我尚未领会到父亲的苦心。他希望我看到父母的辛苦，以此来警示我要多加努力！既然女儿没能金榜题名，他就是一个失败的父亲，回乡也很失颜面。他如此潦草的穿着，透露了他的心境，也让我暗生愧疚之心。

他回来为我联系复读事宜。暑热天，石子路上，他拖着一辆笨重的自行车。他不会骑车，这辆车是我走累的时候，用来驮我的。我坐在车后座，他双手推着车，这样上上下下，一路走了四五十里，去寻找分管的校长与领导。太阳明明晃晃，他推得满头大汗，脖子都晒黑了，起了油。我望着他头发里淌下来的汗珠，心里不好受，坚持自己走。走不动的时候，他大声呵斥，又是一番教训的老话。这样忙碌了一些天，他决定带我回家，我们又来到了积岭。这时候，码头上已经建造了两三幢房子，有了餐馆。父亲点了一道鱼，价格很贵。鱼有刺，吃起来很慢，我差点让刺穿到了喉咙。那是我吃过的最难受的鱼，受之有愧吧。

一年以后，我得到了录取通知书，单独一人去报到。坐拖拉机到积岭，好不容易等到船。因行李太多，忙不过来，拽在手里的船票居然飞了。等到我安顿好行李，到处找不到船票，只能每个座位看过去。同学就坐在后排。她是前一个码头上的岸，两边各坐着一个姐姐。她们吃着甘蔗，吃吃地谈笑。我孤单而尴尬地满船找船票，心里真羡慕她们。一个乘客发现了船票，并喊了我——风大，票子吹到了船尾。

此后，公路渐渐通车，跑运输的乡民也多了起来。在镇上跳上大巴，两个小时，就能到达排岭了。积岭的生意，也突然清淡下去。记得一个当年考上中专的高材生，毕业后分配到供销社食堂。他觉得没能发挥自己的才华，就辞了职，开起积岭到镇上的拖拉机来。没几年，生意凋敝了，又换了别的路线。但是，依然有人爱坐船，尤其是晕车的妇女。

有一年，一个久未谋面的同学邀请我去看看。他说在积岭买了地，让我们到那里造房子。他说起积岭的好处：千岛湖要开发水下古城，积岭就是一个下水口；未来，他将在这里开发潜水服务项目。我们都觉得他的点子不错，希望他能遂愿。去年，千岛湖水下古城拍了专题片。因技术难度，实现水下访古的愿望恐怕是长期的过程。

水下的遂安县城究竟如何，我早在县志上仔细琢磨过。古县城离积岭不远，附近的一个山塆，盛产橘子，水下就埋葬着奶奶。我很想知道祖辈当年是怎样生活的，对水下的世界充满好奇。前不久，听同学说，水下古城已经移上岸，就建在姜家镇。这真是一个好消息。我曾在朱富文的电话里听他絮絮叨叨说这个建议，他是大墅中学第一任校长的儿子，一直在为这个建议而奔走呼告。

家乡的建设的确离不开这些爱家乡、懂家乡的淳安人，是他们前赴后继的努力才有了淳安的今天。我想，回乡的时候一定得去看看，这样，对着县志图片揣度良久的心思终于可以放下。

虽然淳杨公路开通已久，积岭作为轮渡码头的作用渐渐式微，然而，只要渡船不取消，积岭的意义就仍然存在。听说，附近山上的一个村庄搬迁到了积岭，那么，积岭的面貌应该很不同了吧！？湖边山塆里的村庄，也许可以发展水上旅游和民宿。这将是积岭就要翻开的新篇章的一页吧！

2016年10月9日

# 雅水，下杨

多年前了，站在老家门前通道上，一个村民过来聊天。他告诉我们，下姜建设得很好了。而之前，听到下姜的次数并不多。小时候母亲说起某个妇女，是下姜人，我才知道，这一带有个地方叫下姜。

下姜，听起来却以为是“下江”，某条江水的下游。千岛湖又叫新安江，上游却没什么水能称得上江。溪涧丛生，奔突跳跃，与风平浪静、从容练达的江，不可相提并论。我想，“下江”，是一条怎样的溪流呢？然而，在人们嘴中，“下江”似乎不是什么好地方，与人烟阜盛的大墅不能相比。那不知名的女人，被称为“下江人”。也许，“下江”的人口不多吧！

如今，四十多年过去，下姜声名日渐隆盛，远远超过了大墅。人们舟车劳顿远赴下姜，参观学习新农村建设。我始知道，这地方不知燃着了哪炷高香。人们远趋下姜，与跑到龙井，看一看那十八棵被乾隆钦点的茶树，该是同一原理吧！

然而，记忆里，去下姜，却并不是一件容易的事。下姜在枫树岭镇，从大墅到枫树岭，最艰辛而必须做的一件事，是翻过公山尖的余脉。公山尖是大墅西壁的天然屏障，阻碍了交通。车到公山尖脚，司机就得加足马力。汽车一路嘶叫，沿陡峭的山坡往上爬，盘旋，翻绕，一圈又一圈，终于冲到坡顶，再弯弯扭扭、踉踉跄跄盘下山去。车少，岭陡，枫树岭近在咫尺，却成了遥不可及的所在。在大墅生活多年，只初中毕业去枫树岭一次，是走着去的。早晨背着太阳出发，我像一只蝼蚁，徒步翻上山岭，沿着国道，一路向前。走到雪家源同学家，已是傍晚了。

下姜就在山岭后的山脚。我忘了路上是否浇筑沥青。我的脚步穿过下姜，溪水宽阔而清澈，溪边稀稀落落地挂着几株柳树，路边都是泥木结构的黄泥屋，马路上飘过猪圈味。这是一个萧条的、没有声音的村庄。

后来，枫树岭镇乡村干部在上呈材料中引用了一段民谚："破厢房，茅草房，烧木炭。一年只有半年粮，有女莫嫁下姜郎。"这说的应该是实情吧。一个村庄好与不好，民间自有评判标准：女人愿不愿意嫁过去，光棍汉多不多。按照当地的思想意识，嫁到下姜自然不幸；从下姜出嫁的女人，虽则幸运，但出身之地决定了女人在婆家村庄的地位。大村庄嫁过来的妇女，说起下姜女，带着点轻薄语气。我虽年幼，从女人们谈论的语气里，也能感受下姜女人的遭际。这就是当年下姜在附近人们心中的印象吧！

去年，公山尖开辟成景区。路过淳杨公路，看到一个豁然的山洞，才知道交通的世代阻隔已成往事。听说山洞开凿之初，建设者多次祈祷上苍，依然有筑路工人奉献了生命。这些工人，或许来自附近的村庄吧？命运邀请他们成为愚公之子，为了家乡的通途，为了淳安的未来，他们成了开拓者和殉道者。从山洞开车经过，本来要盘绕半小时的路程，两分钟就穿越了。除了向愚公之子们默默致敬，实在说不出更多的言语。穷山僻乡的进步，即使只是微不足道的一点点，山外的人也难以想象它的艰难。就像千岛湖县城，每一幢房子的建造，都要推平山头，填平湖湾，夯土作基。千岛湖镇，就像是在息壤之上隆起的城镇。世人只看到天堑变通途，起了新楼，盖了大厦，哪能想到，这过程中，人们付出了多少生命，倾洒了多少鲜血与汗水！淳安除了山，就是水，每一处建筑都需要比平原之地付出数倍的代价。几多艰辛，几多不易，只有世世代代生活在淳安土地上的人，才有深切的感受！

穿过山洞，向左一拐，就是下姜村了。沿溪亭台楼阁，小桥长廊，还以为到了杭州近郊的皋亭。长廊一侧，立着石碑，碑文被称为《凤林乍尔堰记》，记录了溪堰修筑的历史。下姜的建村史，可以追溯到宋末元初。最早，夏、杨两姓建立村庄，始称“雅水下杨”。明洪武初年，一户姓姜的人家从富石坞（汾口镇）迁入。清康熙年间，此地才改名叫下姜。

原来，这一带叫乍尔畈。这里山地多，田不薄，多种桑麻，清溪流淌，足以灌溉。后来，这里塍崩水涸，岁告无收，一个名余显文、字镜潭的人，身先士卒，号召村民修筑溪堰。水堰又被冲毁，余公担心水流冲下来的沙子淤积到良田，就将自家的两亩五分田捐献出来，挖河透流，并感喟道：“我们在这块僻野之地谋生，世世代代在此居住，如今却不能成为子孙衣食之地。这是祖先们没有眼光见识啊！”于是，他和侄子商量谋划，引导溪水，灌溉良田，以谋万世之利。乙巳之年，将自家的三亩五分私田换取九里坑一带沙洲末等处的田地，用作溪流的床基。此举惊动了当时的县长杜公，他委派司史李伯玉督促民众一起参与工程。远远近近的百姓听到了，纷纷赶来垒砌石块，移高就下，填险成平，捍流枕溪，以立碣堰。子孙继承他的遗志，发动民众，合力将此堰修完。水流灌溉两百多亩，原先的高仰之地，都变成了良田。父老乡亲感佩余公的恩德，特立一碑，以示子孙，不忘余公精神，不忘前人之志。元朝至正年间，一个叫余德义的人，也许是余公的后代吧，出钱重新作了碑记。

愚公移山，子子孙孙戮力同心；余公筑堰，世世代代相与为继。这些开山掘水的先人，激励着淳安后人，继承他们开拓进取、坚忍不拔的意志与精神。淳安山乡，土地贫瘠，生存艰难，正是世代绵继的余公之风，使得穷乡僻壤一日日美丽起来。也许是祖上余公精神的荫庇吧，下姜成为各届省委书记的蹲点之地，就像当初惊动了县令一样。下姜的今天，不是没来由的中彩，而是有它自身的宿命。这种争口气要为子孙后代谋福利的坚韧民风，也许就是下姜摆脱贫穷的内在动力吧！

石桥苍凉，古树婆娑，屋宅俨然，山林清幽。这里山更青，水更清，风更净，树更老，鸟更多……乡野秀色，充溢在明净的空气、粉白的屋墙、墨黑的黛瓦、潺潺的溪水中……春雨停歇，高山之巅经停着霭霭的云朵，风吹在脸上，一触即开。

走过沧桑的石桥，对岸桥头堆砌着假山，临溪搭建了游廊，种植些草木花卉。南天竹簇拥的山石上，镌刻着碑文，一文为《狮石盘踞》："怪石巉嵫足大观，悬崖屈曲似狮团。徘徊云影层似锁，掩映晴岚簇已蟠。缘印新斑苔藓露，青垂翠色薜萝攒。朝烟远接平阳雾，试对光芒仔细看。"另一文为《象荫永绵》："奇形幻象作瑶光，郁郁葱葱时隐藏。卷鼻能吸千涧水，横手独压几山冈。缤纷烟霭佳城际，次第松篁古墓傍。白日出来开此室，云仍奕叶永流芳。"村庄背靠的大山，隐约有大象的形态，一边诵诗，一边观景，别是一番趣味。

斜坡上的"望溪农家乐"，据说是当年总书记住宿过的人家。墙垛上排列着几个盆景，屋檐下挂着数串灯笼。转角处"思源亭"里，竖着碑文，镌刻着总书记给村委的回信。早年外出谋生的人，倦鸟归林。也有承包民宿的外来人。路口小店的女主人在剥笋。自家种的笋头，煮了，洗净，晾干，送到罐头厂加工，做罐头。村里正为平房人家翻新楼，每户给一定的补贴，怎样分配更公平，村民们正在商议。

清明过后，我又来到下姜。这一回，沿着环湖公路，上至高山，下到村舍，角角落落都走了个遍。淳安，就像一座山环水绕、清新怡人的大盆景。这个杭徽古道上曾经富庶繁华而顷刻毁于汪洋的历史重郡，终于重新发出光芒！

2016年10月17日

# 蓦地，天地近了

淳杨公路，又叫千汾线。杨，指杨旗坦，是汾口镇以前的称谓。汾口镇有一个叫杨旗坦的村庄，令我联想到“红旗堡”，联想到那片红艳艳的天空。可“杨旗坦”并非“扬旗坦”，而是“洋溪滩”的谐音，明嘉靖年间就有“杨柳丛生，风飘如旗”的形容之句。

自民国始，设汾口乡。“汾”，有大的含义。这里平原开阔，千岛湖的发源河流之一武强溪，在此处开了个口子，经由谷地，注入千岛湖。也许，这就是汾口地名的由来吧！汽车到达汾口，朝西南一拐弯，沿着淳开线，就进入衢州，朝北走，就进入歙县。汾口，是杭州地域西南端的门户。

淳安境内自1934年始通汽车。我不知道淳杨线是什么时候开始修筑的，应该在1959年千岛湖水库形成之后吧？县志记载，1958年至1965年，1978年至1985年，县里都在忙着修筑公路。那么，这条公路一定在1965年前就已经形成。

在童年记忆里，淳杨公路是一条宽阔的泥耕路，途经大墅，沿凤林港拐了一个弯，又扬长而去。路上，几乎看不到车的影子。一天之中，只有早晨一班大巴。车走了之后，马路瞬间就恢复了安静。车少，车就成了稀罕物。车是文明与发达的标志。野孩子们候在汽车站，就为了看一眼汽车，车走了，撒开腿跟在后面穷跑。尘烟滚滚，孩子发出快意的嚣叫……回想起这幅七十年代的图景，真是恍若隔世。对山外的世界有着强烈向往心的这些孩子，长大了，注定会走出深山。而那时，他们并不知道，时代将经历翻天覆地的变迁，他们的生命因而拥有多种可能。他们不必延续父辈的道路，不必将两只腿扎根在土地里。

一条公路，为山里的芸芸众生提供了多种生命的可能性。这，不是那条经典俗语"要想富，先修路"所能涵括的。

道路是线，村庄就是线眼上的珠子。这些大大小小的村庄，就串起在公路上。大山相隔的村庄，永远寂静无声。因而，山里人通常沉默少语。人们以拥有大山一样的性格为荣，以仁厚道义为荣，崇尚朴实自然、沉稳内敛。这通常要求做多说少。夸夸其谈，油滑刁钻的人，常常遭到嘲笑与不屑。严重一些的，败了名声，娶不上媳妇，进一步会失去本地生存的土壤。这种为人处世方面的教育与风尚，与桐庐分水之外吴地一带的习俗，很不相同。从语系上判断，淳遂一带属于徽州语系。一方水土养一方人。吴地崇尚善言，以口拙为耻，认为不善言辞笨嘴拙舌者，智商情商不足。而过了分水，进入绵延山区，风化多与徽州歙县一带相近，"讷于言而敏于行"的古法教诲，从孩提时代便在日常生活中得到灌输。

譬如：大人们说话，孩子不得插嘴；不得言及祖宗、鬼神等犯忌的话；说话不得没大没小。交通阻隔，重峦叠嶂的封闭环境，造就了山里人朴实、真率、踏实、坚韧、勤劳的性格。

沿着湖，昔日的公路在连绵的山峰与湖面的交界线上蜿蜒前行，真是九九八十一弯啊！从汾口到排岭，交通顺利的情况下，通常需要五六个小时。而从排岭到杭州，最快也要七个小时。最长一次，路遇塌方，我居然用了十三个小时。山道弯弯，崎岖不平，大车上下颠簸，每一次回乡与进城，都是一种极端恶劣的体验。为了逃避乘车，我宁可乘渡船，去建德毛竹源赶火车。自然，那是慢车，途经金华，绕到杭州，需要十几个小时，但也比坐汽车自在得多。

离排岭尚有四十多分钟车程的地方，路断了，县城排岭遥不可望。隔着汪洋的水域，车只能排队停在码头，一辆接一辆，排成长龙，等待轮渡。若要去县城，或回大墅，就得掐准轮渡的时间。而轮渡，就在三四年前，淳杨线尚未改造，代替轮渡的上江埠大桥尚未搭建的时候，班次依然有限。车终于候着上了轮渡，摆渡得四十分钟。

旅程艰难，回一趟老家，实属不易。家人也早已习惯了身在异乡为异客的生活，早把杭州当作家了。父亲去世后，那么眷恋着家乡的母亲，坚持回乡迁了户口。她怎么也想不到，回老家所需的时间，会只需短短三个半小时吧？中途投宿，清早赶船的时代，已成陈年往事。所幸，旧舍行将倾颓，尚可修复。我们不再像从前那样数年才回乡一次，而是每个月都可以回乡度假了。这样的生活，当初因路途遥远，在中途落了气的父亲，如果泉下有知，也会觉得宽慰吧！

昔日的淳杨线，从汾口到大墅，我只走过一次，那是给弟弟转学。因为忍受不了十几个小时的汽车颠簸之苦，我坐火车转道衢州，沿淳开线到达汾口，在中学宿舍里过了一夜。我还记得，弟弟看到我喜出望外的眼神。那一刻，我朦胧地体味到"长女如母"的滋味。伯父在四十里开外的供销社上班，我跟着姨母探望过三四次。沿着淳杨线，一大早，我们迎着太阳出发，一路走。脚下是泥地面，后来换成了石子路面，一直走到下午三四点，才终于到达。那年月，女生流行像小鹿纯子一样穿白球鞋。因为要见伯父，我少不得穿齐整些。待走到伯父面前，球鞋已成黄色的了。

沿途，是并不陡峭的秀丽的山峰，松树和灌木居多，土壤是红色的。走在路上，山风扑簌，温柔而清新，不时能听到野鸟的叫声。我分不清是什么鸟，啾啾有声，却更觉清幽。天，蓝幽幽的，明净得像婴儿的眼。仔细看，春与秋，天空的底色，还是有些不同：春带着一点淡淡的绿，秋则染上一丝山叶的红。路的另一边，就是湖水。湖水，也不只是一味地蓝，或一味地绿。它的颜色，随着季节的轮换，不时地变幻：春夏，它是一碧的浓绿，纯净、清亮，直透眼底；秋冬，它瞬间就变得寥索了，像入了夜的女人，摘去了玎珰佩饰，洗去了画粉胭脂，变得素净而蕴厚。若是时间早，湖上有缕缕白雾，远处是依稀泊在烟渚里的村庄。有时，湖面悠悠驶过一叶小舟，路边响起一两声高亢的叫喊，那是要泛舟去村庄做客的路人。

交通不便，决定了当地人的生活半径，影响到姻亲关系的形成，决定了熟人社会的结构组成。走在路上，随时都能遇到熟人，甚至七弯八拐的亲戚。走着走着，迎面来了一个人，无论砍柴的，打猪草的，骑自行车的，挑货郎的，姨母就停了下来，絮絮叨叨，聊上一番闲天。姨母大大咧咧，说话干活，像个男人，举手投足，尽显一种天然的从容与大度。她认识的人就格外多一些，无论男女，深山沟的，大村庄的，都能聊得投机。逢年过节，更是如此。亲戚们都不远，沿着淳杨公路，走东家串西家，日了一天天过去。天未老，地未荒，方圆十几里巴掌大一块地方，一代又一代，居然也生活得有滋有味。伯父自回乡娶了姨母之后，就很少再走出淳安了。他和父亲殊途同归，埋葬在了公路附近的山坡上。

去年，修葺了老屋，我能不时驱车回乡了。没想到，淳杨线竟成了我见过的最美的公路，正在申报世界级景观公路。沿湖不种行道树——这只是其中的一个细节。去过一些城市，我认为，细节的考究完全影响到地域气质的彰显。驱车在路上，只觉得视野开阔，空明如镜。同样的山水，因为公路的拾掇扮靓，突然异常秀丽起来。路的两侧，设置了骑行道。每年都有骑行大赛在这条公路上举行，不时能看到骑着赛车的背包客，穿梭来去的身影。走在路上，不再有以前回到穷乡僻壤的感受，而是感觉将去一个度假胜地。一条公路的改造，让整个地域的气质改变了。这是由目入心最直观深切的感受。

我还知道，这种变化只是开始。蓦地，天地近了。时间距离的缩短，使城乡文明的交织与融合成为可能。这股无形的力量，将冲击公路抵达的每一个村庄，改变乡民固有的乡土观念、行为习惯、人际往来、婚姻结构、家庭组成、劳动收入等方方面面。由此，将会诞生新一代的山里人，昔日闭塞落后的“山里人”概念将不复存在。山乡发展进入截然不同的新时期、新阶段、新征程。其发展速度将超越漫长的从前，呈现出加速度态势。这种冲击，我已经感受到。村庄干净清洁多了，电商概念深入人心，回乡创业的人渐渐多起来了，外出打工的潮流将逐渐被返乡乐业所代替。

自然，我也默默地期盼与祈祷，这种冲击尽量来得自然一些，温柔一些，纯粹一些。我希望，它是一个取其精华，弃其糟粕的过程。我希望，回到村庄，看到乡民生活蒸蒸日上的同时，依然能体验到霭霭的古风、浓浓的乡情，民风依然淳朴，人心依然敦厚。

毕竟，这是整个华夏乡村文明最富魅力的底色。

2016年12月13日